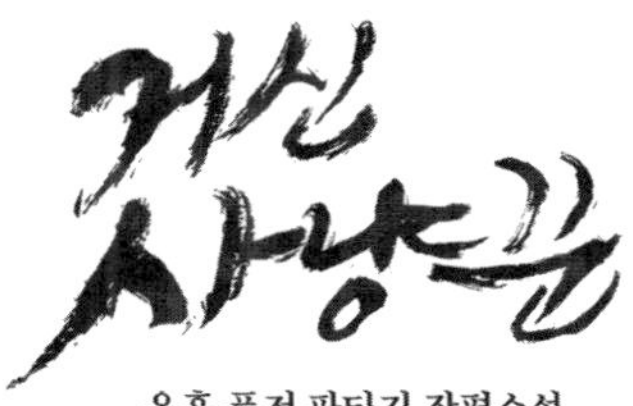

온후 퓨전 판타지 장편소설

WISHBOOKS FUSION FANTASY STORY

거신 사냥꾼 6

온후 퓨전 판타지 장편소설

초판 1쇄 찍은 날 | 2018년 4월 17일
초판 1쇄 펴낸 날 | 2018년 4월 24일

지은이 | 온후
펴낸이 | 예경원

기획 | 위시북스
편집책임 | 이규재
편집 | 이즈플러스

펴낸곳 | 예원북스
등록번호 | 제396-2012-000132호
등록일자 | 2012. 7. 25
KFN | 제1-247호

주소 | 경기도 고양시 일산동구 호수로 646-24 위너스21 II 빌딩 206A호 (우)10401
전화 | 031-819-9431 팩스 | 031-817-9432
E-mail | yewonbooks@naver.com

ISBN 979-11-6098-909-0 04810
979-11-6098-697-6 (set)

※ 파본은 구입하신 서점에서 교환하여 드립니다.
※ 저자와 협의하여 인지를 붙이지 않습니다.

※ 이 도서의 국립중앙도서관 출판시도서목록(CIP)은 서지정보유통지원시스템 홈페이지(http://seoji.nl.go.kr)와 국가자료공동목록시스템(http://www.nl.go.kr/kolisnet)에서 이용하실 수 있습니다.

거신 사냥꾼 6

온후 퓨전 판타지 장편소설

WISHBOOKS FUSION FANTASY STORY

거신 사냥꾼

CONTENTS

33장
이그닐(2)

금발의 여자아이가 서 있었다.

문고리를 잡고서.

시리아는 내심 혼란할 수밖에 없었다.

'어떻게 들어온 거지?'

이곳은 비밀리에 만들어진 장소이며 최고의 시큐리티를 보장한다. 엘프들이 쉽게 노출되는 일만은 피해야 했기 때문이다.

감히 개미 새끼 한 마리 들어오지 못하도록 만들어지고 감시하고 있건만, 웬 아이가 당당히 문을 열고 들어온 것이다.

"어? 여기. 아니야."

어눌한 목소리로 금발의 황금과 같은 눈동자를 지닌 여자아이가 눈을 깜빡였다. 그러곤 시선을 돌려 시리아를 바라보다가 오르모아에게 눈동자가 멈췄다.

그와 동시에 오르모아의 눈동자가 급격히 떨리기 시작했다.

"미, 믿기지 않는군요. 어째서 인간 여자아이에게서 위대한 존재의 '격'이……."

여자아이, 이그닐이 방방거리며 다가오자 오르모아가 급히 무릎을 꿇었다.

"위대한 존재시여, 누구신지는 모르겠으나 부디 본래의 장소로 돌아가 주십시오. 만약 길을 잃으셨거든 지혜의 나무에게 물어 제가 길을 안내해 드리겠나이다."

극진한 태도.

엘프. 그중에서도 순혈 중의 순혈인 '하이엘프'는 지고의 존재를 꿰뚫어보는 혜안을 지녔다고 전해진다.

위대한 존재라는 말에 모든 엘프가 무릎을 꿇었다.

그것은 다크엘프들도 마찬가지였다.

시리아만이 옆에서 눈을 크게 뜬 채 당황하고 있을 뿐이었다.

킁킁!

이그닐이 코를 킁킁대며 오르모아의 냄새를 맡았다.

그러더니 이번에는 시리아의 냄새를 맡기 시작했다.

이그닐은 고개를 갸웃하곤 이어서 말했다.

“아빠 냄새가 나.”

“실례지만 누군가를 찾고 계신가요?”

“응.”

“그러면 제가 도움을 줄 수도 있을 거예요.”

“괜찮아!”

이그닐은 어깨를 으쓱하곤 턱을 쓸며 오르모아와 시리아를 바라봤다. 여자아이답지 않은, 아저씨 같은 느낌이 났지만 아무도 토를 달지 못했다.

이어 이그닐이 씨익 웃어 보이곤 손을 흔들며 몸을 돌렸다.

“안녕.”

문까지 다가간 이그닐이 문고리를 잡고 그대로 건너편으로 사라졌다.

쿵!

소리와 함께 문이 닫히자 시리아는 여전히 어안이 벙벙한 표정으로 하이엘프 오르모아에게 물었다.

“누…… 구죠?”

“저도 모르겠어요. 하지만 제가 본 게 분명하다면 ‘위대한 존재’임은 틀림없어요.”

“위대한 존재요?”

“진정한 초월자의 격을 지니게 된 ‘존재’들을 우리는 그렇게 불러요. 그들은 세계의 이면에 존재하며 각자가 '규칙'을 관장하죠. 또한 그들은 장난으로 나라를 지울 수도 있다고 해요. 희미하긴 했지만 조금 전에 분명 그런 느낌이 들었어요."

"……!!"

세계의 이면에 존재하는 진정한 초월자!

장난으로 나라를 지울 정도면 엄청나게 강력하다는 뜻이다.

시리아가 급히 달려갔다.

혹여나 가드들과 시비라도 붙었다간 한국이 사라질 수도 있는 것이다!

'없어?'

하지만 즉시 달려가 문을 열었지만 어느새 없어졌다. 어떤 흔적도 없었다. 마치 신기루처럼 증발했다.

혹시나 싶어서 밑을 지키는 가드들에게도 물어봤지만, 그들은 고개를 갸웃할 뿐이었다.

마치 꿈을 꾼 것 같았다.

시리아는 눈을 깜빡이며 '문'을 바라봤다.

'대체…….'

김민식. 그는 싱크홀에서의 경합 이후 한 사람을 찾고 있

었다.

"아르켄, 어디에 숨어 있는 거냐?"

넓은 사무실에 앉아 지배의 목줄을 만지작거렸다. 어떻게 해서든 그만은 얻고 싶다. 인류 최강, 감히 대적자가 없던 유일무이한 존재였기에.

모든 힘을 동원하여 찾으려고 해봤지만 역부족이었다. 연기처럼 증발해 버린 자를 찾기란 요원한 일이었다.

그만 손에 넣을 수 있다면, 그를 휘하에 두어 일을 진행할 수만 있다면, 인류의 통합이 두 배는 빨라질지도 모른다.

"빌어먹을 쥐새끼들 같으니."

세계 최초의 길드. 세계 최초로 '문'을 탐색했으며 다른 세계의 존재, 엘프들마저 끌어들였지만 그럴수록 이 한국이란 나라의 무능함에 치를 떨 뿐이었다.

위선자가 판을 쳤다. 나라가 아닌 개인을 위해, 다른 나라에게 붙어 어떻게든 스스로의 이득을 취하려는 검은 정치인들!

그가 손에 쥐고 있는 자들만으로는 역부족이었다.

멀리는 미국, 가까운 곳에선 일본과 중국이.

거의 모든 나라가 어떻게든 아포칼립스 길드를 잡아먹고자 혈안이 되어 있었다. 그리고 엘프들을 손에 쥐고 쥐락펴락하려 한다. 그만큼 '이세계의 증명'이란 세계적으로도 혁명적인 일이었기 때문이다.

힘을 길러야 한다. 더욱 강한 힘이 필요했다.

아르켄. 그가 있다면…… 그와 같은 힘이 있다면…….

백색의 용을 몰고 고블린들을 휩쓸던 그 용맹함이 그에겐 필요했다.

끼이익.

그때, 문이 열렸다.

김민식은 눈살을 찌푸렸다.

"아무도 안에 들이지 말라고 했을 텐데?"

"아빠!"

이그닐과 김민식의 눈이 마주쳤다.

"……?"

"……?"

"……?"

"……?"

둘은 한동안 서로를 한참이나 바라봤다.

이윽고 이그닐이 고개를 갸웃했다.

"아빠가 아냐?"

"꼬맹이가 들어올 정도로 보안이 형편없어진 모양이군."

김민식은 한숨을 내쉬었다.

아포칼립스 길드는 인력난에 시달리고 있었다.

치안의 유지에, 엘프들의 호위에, 던전의 탐험에, 기타 등등에 너무 많은 인력이 투입된 탓이다. 길드에 상주한 길드원이 10명도 안 되는 수준이었다.

"길을 잃었나?"

"안 잃었는데."

이그닐이 살짝 경계의 눈초리를 보냈다.

김민식은 지배의 목걸이를 서랍 속에 집어넣고, 고개를 저으며 다가갔다.

"이곳은 꼬맹이가 있을 곳이 아니다. 따라와라."

"꼬맹이 아닌데."

"다들 그렇게 말하지."

그가 억지로 이그닐의 옆구리를 손으로 둘렀다.

그러자 이그닐이 발을 바둥바둥거렸다.

"자, 엄마는 어디 있냐?"

"여기 없어."

"그럼 아빠는?"

"음……."

발버둥 치던 이그닐이 축 처졌다.

벌써 몇 번이나 도전했지만 이번에도 틀린 탓이다.

분명히 아빠의 냄새를 추적해서 쫓고 있었는데 이상한 곳에만 도착한다.

역으로 물었다.

"아빠, 어디 있어?"

"그걸 나한테 묻는 거냐? 하여간 이래서 꼬맹이는."

김민식이 쯧쯧 혀를 찼다.

"혼혈인가? 그런 것치곤 굉장히 하얗군. 그래도 황금색 눈과 황금색 머리카락이면 금방 찾을 수 있겠지."

혼잣말을 중얼거리며 그가 이그닐을 옆구리에 짐짝처럼 들고 이동하며 로비로 내려갔다.

로비에 있던 남자 안내원이 꾸벅꾸벅 졸다가 김민식을 발견하곤 허리를 곧추세웠다.

"헙! 마스터!"

"잠이 잘 오는 모양이야."

"죄, 죄송합니다."

"조금만 참아라. 엘프들이 돌아가면 쉴 시간이 생길 테니."

"아닙니다. 정신 바짝 차리도록 하겠습니다!"

안내원의 기합 소리를 듣고 김민식이 고개를 끄덕이며 옆구리에 든 이그닐을 보였다.

"이 아이의 부모를 찾아야겠다. 아이가 내 집무실까지 들어왔더군."

"예? 아, 아무리 사람이 없어도 어떻게 거기까지……."

"그게 조금 이상하긴 한데. 우연이겠지."

대수롭지 않게 생각하고 김민식이 이그닐을 데스크 위에 올려놨다.

이그닐을 본 안내원이 잠시 멍해졌다.

이렇게 귀여운 여자아이는 TV에서도 본 적이 없었다.

"뭐 하지?"

"그, 그게…… 하하. 엄청 귀엽네요."

"이게 귀여운 건가?"

"예? 아, 아니, 세상 누가 봐도 귀여운 여자아이지 않습니까?"

"그래?"

김민식은 고개를 갸웃했다.

돌아온 이후 그는 무언가가 결여됐다. 아니, 어쩌면 돌아오기 전부터 결여되어 있었을지도 모르겠다.

"아빠아……."

이그닐은 데스크 위에 축 늘어져서 입을 쭉 내밀었다.

영락없이 토라진 어린아이다.

힘없이 손발을 늘어뜨리니 마치 뼈 없는 연체동물 같았다.

"쯧. 울기 전에 찾아야겠군."

"그래도 찾아주시는군요."

"뭐?"

"아, 아니, 가끔 길드원들끼리 모이면 마스터께서 너무 냉

정해서 사람 같지 않다고 말하는 사람들이 있어서요. 물론 저는 전혀 그렇게 생각하지 않았습니다만!"

솔직하다. 그래서 로비의 입구에 얼굴로 내놓은 것이었지만.

"허튼소리 말고 아이의 부모나 찾아봐라. 나는 곧 기자회의가 있어서 시간이 없으니."

"알겠습니다."

"그럼……."

막 김민식이 등을 돌리려고 할 때였다.

쿵!

소리와 함께 문이 거세게 열리며, 한 남자가 숨을 벌떡이곤 들어왔다.

이그닐이 힘없이 고개를 들었다. 그리고 들어온 남자를 보자마자 자리에서 벌떡 일어났다.

"어? 아빠!!"

그 순간 이그닐의 등에서 작은 날개가 돋았다.

이그닐은 펄럭이며 남자를 향해 쏘아졌고, 이내 이그닐을 받아 든 남자를 바라보던 김민식이 눈썹을 구겼다.

"……오한성?"

격하게 문을 열고 들어온 남자는 오한성이었다.

김민식에게 있어선 오래된 친구이자, 과거의 미련과 같은 존재.

그런 존재가 느닷없이 들어오더니 여자아이의 '아빠'라고 한다.

'내가 모르는 사이에 사고를…….'

잠시 헛된 망상이 떠올랐지만 이내 고개를 저어 지워 버렸다.

일단 저 여자아이, 인간이 아니다.

등에 날개가 솟은 인간이 있을 리 없으므로.

날개도 일반적이지 않다. 느껴지는 마력의 향이 무척이나 짙었다. 질긴 가죽의 황금색 날개는 보는 이로 하여금 넋을 잃게 만들기에 충분했다.

'용의 날개.'

잘못 본 게 아니라면 분명히 용의 그것이다.

착각할 리 만무했다.

'용'에 대해서만큼은 그 지식이 어지간한 이들보다 자세한 게 그였다. 결코 잘못 보았을 리 없었다.

오한성과 김민식의 눈이 서로 허공에 얽혔다.

"어떻게 된 일이지?"

수상쩍은 눈초리로 오한성을 바라본다. 오한성은 잘생겼다고 할 수는 없지만 충분히 '준수한' 수준에 들어가는 외모의 소유자였다. 키도 180㎝ 가까이 되는 편이었고, 특유의 서글서글한 미소를 좋아하는 여자가 많았다.

하지만 지금은 그 특유의 서글서글한 미소가 없다.

어느 정도 긴장한 기색.

분명히 평범하게 살 줄 알았건만, 평범하지 않은 생명체를 대동하게 된 원인에 대하여 의구심이 들 수밖에 없었다.

"산책시키다가 잠시 잃어버려서. 하하, 미안하다."

"산책을 시켰다고?"

오한성이 머리를 긁적였다.

"부우우우."

그러거나 말거나 이그닐은 오한성의 가슴팍에 얼굴을 들이밀고 마구 뺨을 비비는 중이었다.

애써 이그닐의 얼굴을 떼어놓은 오한성이 이어서 말했다.

"내가 테이머인 거 너도 알지?"

"그래서 그 여자아이가 테이밍의 결과물이다?"

"그래, 외견이 사람이랑 똑같아서 얼마나 놀랐는지."

"놀만 테이밍할 수 있는 거 아니었나?"

김민식의 목소리는 평소보다 냉랭했다.

여자아이의 날개로 보아 평범한 생명체와는 거리가 먼 탓이다.

솔직히 과거에도 저런 종족이 존재한다는 건 들어본 적도 없었다.

인간과 99.9% 흡사한 외모를 가지며, 용의 날개가 있는 종족이 있었다면 진즉에 회자가 되었을 것이었다.

용의 날개를 가진 인간이라니!

오한성이 고개를 저었다.

"꼭 그렇지만도 않더라고. 네가 나한테 테이머의 재능이 있다고 했잖아?"

"그게 무슨 종족인지는 아는 거냐? 정말 테이밍을 했다면 어디서 구했는지도 알고 싶군."

테이밍을 했다면 테이밍한 대상에 대한 정보를 자연스럽게 알게 되었을 것이다.

이 대답 여하에 따라서 많은 것을 유추할 수 있었다.

오한성은 쉽게 대답하지 못했다.

그러한 낌새가 더욱 의심을 증폭시켰다.

잠시 후 오한성이 침을 꿀꺽 삼켰다.

"일단 이게 어떻게 된 일이냐면……."

"……오한성?"

망했다.

내심 땅을 치고 후회했다.

좌표를 읽어 들여서 이그닐이 지구로 향했다는 건 확신했다.

다행스럽게도 한국이었고 지혜의 나무 근처였다.

즉시 '전이'하곤 이그닐의 뒤를 숨 가쁘게 쫓았다. 이타콰와 이그닐은 나와 깊이 연결되어 있었기 때문에 흔적을 따라가는 게 어렵진 않았다.

하지만 마지막 흔적이 '아포칼립스 길드 본사'로 이어진다는 걸 알고는 좌절했다. 하필이면 민식이 녀석이 이그닐 근처에 있다는 것도 절망감을 증폭시켰다.

"어떻게 된 일이지?"

'그러게 말이다.'

나도 어떻게 된 일인지 도통 모르겠다.

누가 나한테 좀 알려줬으면 좋겠다.

분명한 건 이그닐이 모든 '문'을 다룰 수 있다는 것이다.

'문'과 '문'을 연결해 아예 다른 공간으로 들어가는 권한을 획득했다는 건 분명했다. 하지만 그 사실을 곧이곧대로 말할 순 없는 노릇.

"산책시키다가 잠시 잃어버려서. 하하, 미안하다."

"산책을 시켰다고?"

'그야 의심스럽겠지.'

나는 최대한 침착했다. 조그마한 허점이라도 보였다간 괜한 의심만 사고 만다.

슬쩍 녀석을 살폈다.

'피곤해 보이는군.'

수척해 보이는 얼굴. 아마도 엘프가 지구에 온 것과 관련해서 엄청난 집중포화를 당하고 있는 듯싶었다.

저런 자리에서 일을 주도하는 건 처음일 테니 많은 혼란을 겪고 있겠지.

아니, 그보다…….

나는 머리를 긁적였다.

이렇게 된 이상 내 임기응변을 믿을 수밖에 없었다.

"부우우우."

이그닐은 처음 만난 '이 모습'에 감격이라도 한 듯싶었다.

킁킁 냄새를 맡고 얼굴을 비비며 어떻게든 나를 각인시키려고 했다.

나도 반갑긴 했지만, 장소가 장소였다.

이그닐의 얼굴을 천천히 떼어놓은 뒤 침착히 입을 열었다.

"내가 테이머인 건 너도 알지?"

"그래서 그 여자아이가 테이밍의 결과물이다?"

"뭐, 비슷해. 외견이 사람이랑 똑같아서 얼마나 놀랐는지."

"놀만 테이밍할 수 있는 거 아니었나?"

아주 북극이 따로 없다. 팬티 한 장만 걸치고 얼음덩어리

위에 서 있는 그런 기분이었다.

일단은 내가 테이머임을 부각시키는 게 중요했다.

"꼭 그렇지만도 않더라고. 네가 나한테 테이머의 재능이 있다고 했잖아?"

"재능. 그래, 너는 재능이 있지. 그런데 그게 무슨 종족인지는 아는 거냐? 어디서 구했는지도 알고 싶은데."

하지만 녀석은 즉시 본론을 원했다.

내심 제기랄 소리가 절로 나오면서도 머리는 빠르게 돌아갔다.

'날개를 봤지.'

녀석이 썩은 동태 눈깔이 아닌 이상 이 날개가 평범한 게 아니라는 걸 눈치챘을 것이다.

어쩌면, 용의 날개임을 알아차렸을 수도 있었다.

이그닐의 날개는 민간인이 보아도 현묘할 만큼의 마력을 품고 있었던 탓이다.

특히 녀석의 반응을 보아 그럴 가능성이 더 높아 보였다.

없는 이야기도 만들어야 할 판이었다.

"일단 이게 어떻게 된 일이냐면…… 나도 던전에서 구했어."

"던전? 혼자 들어간 거냐?"

"어, 여태까지 흥미 없는 척했지만 엘프의 세계와 지구가 연결되었다는 말을 듣고 나도 몸이 간질간질해서. 이 아이도 그 던전에서 구한 거야."

"어느 던전이지?"

민식이도 한국에 있는 웬만한 던전은 다 알고 있을 터.

어중간하게 답했다간 본전도 못 찾는다.

이럴 땐, 정말로 민식이가 알 리 없는 던전을 알려줘야 한다.

마침 그런 던전이 하나 있었다.

"'잠자는 별의 던전'이라는 이름인데, 들어본 적 있어?"

"잠자는 별의 던전?"

들어본 적 없겠지.

내가 지은 이름이니까.

나는 천연덕스럽게 어깨를 으쓱하며 말했다.

"우연히 발견했거든. 아, 이 아이 이름은 '이그닐'이야. 갇힌 걸 구해줬더니 날 굉장히 잘 따르는 거 있지?"

"그래서, 정확한 정체가 뭐지?"

"여기서 말하긴 뭐한데."

조금만 더 내게 창작성이 있었다면 정말 그럴싸한 소설을 한 권은 쓸 수 있을 테지만.

모든 것을 속일 순 없다.

그 정도로 나는 타고난 거짓말쟁이가 아니었다.

그렇다면 진실을 그럴싸한 이야기로 포장하는 방법뿐이

었다.
나는 이어서 녀석에게 눈치를 줬다.
"그런데 앉아 있을 만한 조용한 장소 없냐? 아까부터 뛰었더니 피곤해서. 후! 이 땀 보이지?"
전신에 땀이 범벅이었다.
엄청 뛰기도 했지만, 이 중 절반은 식은땀이라 봐도 무방했다.
또한, 이는 내가 민식이에게 보내는 사인이었다.
녀석도 그렇게 눈치가 없진 않았다.
"그래, 자리를 옮겨야겠군."
민식이가 고개를 돌려 남자 안내원을 바라봤다.
"기자회견 취소하고 앞에 스케줄 모두 비워놓도록."
"예? 외신들도 엄청 온다고 하던데 괜찮습니까?"
"내가 괜찮다는데 누가 뭐라 하지?"
"그건 그렇죠. 알겠습니다."
그러면서 안내원이 천천히 나를 주시했다. 아포칼립스 길드마스터의 주변 인물 중에 나 같은 사람은 없기 때문이겠지.
아마도 민식이 녀석은 여태껏 '나'라는 존재를 극구 숨기고 있었을 것이다.
"이야, 민식이. 기자회견도 마음대로 할 수 있는 거야? 진짜 많이 컸네!"

내가 다소 놀리듯 말하자 남자 안내원의 얼굴이 새까맣게 물들었다.

아무래도 이곳에서 민식이 녀석은 마왕 같은 건가 보다.

하지만 정작 민식이는 피식 웃어 보일 따름이었다.

"여기선 내가 왕이다. 적어도 이 건물 안에선 대통령도 나한테 함부로 못 해. 마찬가지로 이 건물 안에서 내가 하는 말은 이뤄지지 않는 게 없지."

짜식, 허세는.

그다지 틀린 말은 아니지만 다소 과장된 면모가 있었다.

그 사정을 내가 모를 리 없지만 친한 친구 앞에서의 객기다. 작게 웃으며 동참해 주었다.

"대박이네."

"하여간…… 따라와."

민식이가 헛기침을 한 번 하곤 먼저 발걸음을 옮겼다.

그리고 나는 숨을 크게 들이마시며 주먹을 불끈 쥐어 보였다.

민식이가 나를 안내한 곳은 자신의 집무실이었다.

나름 편안한 의자가 몇 개 있었고, 밖에서 자판기 커피 두 잔을 꺼내온 녀석이 앉아 있는 나를 향해 진지하기 짝이 없는 눈초리로 말했다.

"한성아, 나는 네가 나를 속이지 않았으면 좋겠다."

심각한 말투. 무거운 분위기.

그렇게 말하는 민식이의 얼굴은 한없이 일그러져 있었다.

다른 사람들 앞에선 결코 보이지 않는 표정.

나도 고개를 끄덕였다.

모든 걸 100% 서로 공개하면 좋겠지만 녀석도 알 것이다.

그럴 수 없음을.

애당초 민식이부터가 내게 숨기는 이야기들이 있지 않나.

우리가 모든 걸 터놓을 때가 올지는 모르겠지만…… 언젠가 그런 날이 오기를 기대하지만, 적어도 지금은 아니었다.

'의심의 종류가 다르다.'

녀석의 말을 듣고 내심 안심했다.

적어도 '회귀'에 따른 의심을 하고 있는 것 같지는 않았다.

요컨대 녀석은 아쉬워하고 있는 것이다.

내가 이그닐을 얻었음에도 함구하고 있었던 것에.

친구인 자신에게도 숨길 필요가 있었는지에 대하여 말하고 있는 것이었다.

"아빠…… 죠아……."

쿠우울!

이그닐은 이미 내 무릎 위에 엎어져선 잠들어 있었다. 나는 이그닐의 배를 토닥였다. 기가 막히다는 듯 민식이가 나를 쳐다봤다.

"너를 잘 따르는구나."

"귀엽지?"

"다른 사람들이 귀엽다면 귀여운 거겠지."

녀석은 자기 일이 아니라는 듯이 이상하게 말을 했다.

나는 커피를 한 모금 입에 머금고 천천히 입을 열었다.

"이그닐은 잠자는 별의 던전이라는 곳에서 발견했어. 너도 봐서 알겠지만 평범한 아이는 아니지."

"그렇지. 특히 그 날개는……."

"용의 날개지."

"……!"

아예 선수를 쳤다.

어중간하게 간을 보면 오히려 의심만 키운다.

예상대로 민식이의 반응은 격했다.

탁!

책상을 치며 고개를 앞으로 들이밀었다.

"용…… 인가?"

"맞아."

진실 하나를 섞는다.

이 파격적인 진실은 내 모든 거짓을 가려 버릴 것이었다.

그것이 아무리 어설픈 거짓이라 할지라도.

파르르르!

민식이의 전신이 떨렸다.

"하지만…… 사람의 모습인데?"

"변하는 게 특기인 거 같더라고. 이그닐, 한번 변해볼래?"

"우웅."

눈을 비비고 일어난 이그닐이 퍼엉! 소리와 함께 터졌다.

짙은 안개 속에서 황금색의 꼬리가 치켜 올라간다.

"황룡……!!"

눈이 튀어나올 듯했다.

그게 끝이 아니었다.

"사람의 모습으로 변할 수 있는 용이라니!"

녀석은 경악하고 있었다. 놀라움의 수준을 넘어서서 믿기지 않는다는 눈초리였다.

과거와 현재를 통틀어 사람의 모습을 빌릴 수 있는 용은 없었다.

"대체 어떻게?"

"말했잖아. 갇혀 있었다고."

민식이가 나와 이그닐을 번갈아 돌아봤다.

고심하는 표정이 역력하게 드러났다.

욕망이 드러났다.

하지만, 민식이는 이겨냈다.

퍼억!

자신의 뺨을 손으로 세게 때린 것이다.

"왜, 왜 그래?"

"아니, 아니다. 그래…… 황룡을 얻었구나. 황룡은 아주 귀한 종류의 용이지. 백색의 용만큼이나."

백색의 용, 이타콰.

아마도 녀석은 아르켄이 이끄는 이타콰와 내가 기르는 이그닐을 분리하고 있는 게 분명했다.

민식이는 약간의 기대를 담아 입을 열었다.

"그 던전이라는 곳에 다른 것도 있었나?"

"있긴 있었지. 그런데 오늘따라 말투가 굉장히 무겁다? 역시 용이라서?"

"……절대로, 다른 사람에게 용의 모습을 보이지 마라. 그 가치를 사람들이 알게 된다면 나는 너를 지켜줄 수 없을 테니까."

굳은 얼굴로 말했다.

괴물들의 침공이 잦아질수록.

보라색 문이 열리고 더욱 강한 괴물이 쳐들어올수록.

'사람이 다루는 용'의 가치는 기하급수적으로 올라간다.

세계 모든 이의 이목이 쏠리며 무슨 짓을 해서라도 나를, 이그닐을 얻으려고 할 것이다.

민식이도 그것을 염두에 둔 것이겠지.

"알았어. 그런데 백문이 불여일견이라고, 말로 설명하기보다 직접 가 볼래?"

"지금 바로 말이냐?"

"아니, 바로는 아니고."

나도 준비할 시간이 필요했다.

어쨌거나 이왕 일이 이렇게 되었으니 계획하고 있었던 일들을 연결시킬 수도 있을 것이다.

나는 슬쩍 눈치를 보는 척을 하며 입을 열었다.

"한 세 시간만 자도 될까?"

세 시간만 자도 되냐고 물은 건 피곤해서가 아니다.

물론 피곤하지 않은 건 아니었지만 정말 중요한 이유가 있었다.

[전이가 완료되었습니다.]

전이가 완료되었다는 문구를 확인하고 고개를 끄덕였다.

짧은 문구와 함께 '우리엘 디아블로'로서 자각을 가지게 되었다.

'여섯 시간.'

지구의 오한성이 잠든 3시간, 심연에서의 6시간 동안 나머지 일을 끝내야 한다.

빠르게 자리에서 일어나 문을 박차고 성의 바깥으로 나갔다.

"아, 로드시여……."

던전 근처에 있던 라이라가 나를 반겼다.

이그닐을 잃어버린 후 다소 창백해진 얼굴이었다. 가뜩이나 하얀 얼굴이 완전 밀가루처럼 변했다. 그동안 이그닐에게 상당한 정을 쏟았던 모양.

"예의는 되었다. 그보다 '문'을 열 것이다. 이그닐이 있는 곳을 찾았다."

"그, 그게 정말인가요? 정말 이그닐이 있는 곳을 알아내신 겁니까?"

순간 파리하게 죽어가던 라이라의 표정에 화색이 돌았다.

"그러기 위해서 필요한 게 있다."

"말씀만 하십시오."

라이라의 눈에 활기가 돌았다. 반드시 이그닐을 되찾아오겠다는 집념. 이게 모정이라는 건지.

나는 던전으로 시선을 옮기며 말했다.

"던전을 채워 넣기 위한 괴물들이 필요하다."

물론 단순히 속이기 위함만이 아니다.

이 던전은 인류를 보강시킬 계획의 첫걸음이며, 심연과 지구의 '첫 접촉'을 위한 장소이기도 했다.

신경을 써서 더욱 정교한 길을 모색할 필요가 있었다.

잦은 전이, 특히 시간 차이를 얼마 두지 않은 이전은 몸에 큰 부담을 끼친다. 영혼이 신체에 잘 정착하지 못하는 느낌이라고 해야 할까.

다시 현실로 돌아왔을 때 나는 잠시 넋이 빠졌다.

이후 찾아온 급격한 울렁거림에 화장실로 달려가 토악질을 해대곤, 애써 괜찮은 척 미소를 지어 보였다.

그리고 움직였다.

던전과 이어진 '문'을 향해.

나는 세계수와 암흑문을 이용해 던전을 지구와 연결시킬 수 있었다.

이는 두 곳의 좌표를 어느 정도 숙지한 덕이다. 정확히 말하자면, 그 좌표가 알아서 머릿속에 흘러들어 왔다. 아마도 이그닐의 '권한'이 내게도 조금은 적용이 되는 듯싶었다.

'단순히 심상만이 이어진 게 아니었구나.'

그때 깨달았다.

이타콰와 이그닐의 힘은, 나의 힘이 되기도 한다는 것을.

들이 내게 더욱 많은 걸 느끼고 배우듯 나 역시도 적용되는 현상이 있는 모양이었다.

'문의 위치도 내가 설정할 수 있게 됐지.'

문을 다룰 수 있게 해주는 세계수의 권한과 이그닐 덕택에 좌표를 읽을 수 있게 되어 내가 원하는 장소에 문을 만들 수 있었다.

대전에 있는 폐교.

을씨년스럽게 낡아버린 학교의 옥상에 생겨난 '문'을 본 민식이의 눈동자가 파르르 떨렸다.

"검은색…… 문이라고?"

검은색 문!

바로 심연과 이어졌다는 뜻이다.

과거 검은색 문은 기피 대상 1순위였다.

절대로, 무슨 일이 있어도 안으로 들어가선 안 된다.

잘못 들어가면 결코 살아 돌아올 수 없다. 그곳은 그야말로 어둠의 세계이며 종말의 공간이었으므로.

하지만 던전의 10층은 바로 '우리엘 디아블로'의 영지와 연결된다.

우리엘 디아블로의 영지는 감히 심연 그 자체라고 할 수 있었다.

'나도 떨리는군.'

나라고 안 떨리겠는가.

그나마 '잠든 별의 던전'을 중간에 다리로 놓아서 연결한 것이지, 아니었다면 절대로 연결하지 않았을 것이다.

어차피 인류가 던전의 10층을 밟을 일은 없을 것이었다.

인류는 아래층에서 성장하고, 천연자원을 발굴하는 데 집중하는 게 최선일 테니.

"여기를 혼자 들어갔단 말이지?"

"이 학교, 우리 부모님이 다녔던 학교잖아. 그냥 와봤는데 검은색 문이 있는 게 있지?"

민식이가 경악하며 나를 바라보다가, 한숨을 푹 내쉬었다.

"검은색 문은 절대로 들어가지 말고 제보하라고 그렇게 홍보를 했는데."

"미안하다."

"다음부턴 아포칼립스 길드에 먼저 신고해. 아니면 나한테라도 말하든가."

"그래, 그러도록 할게."

마음에도 없는 소리를 입에 담자 민식이가 긴장하며 입을 열었다.

"이 안에 무슨 괴물이 있는지 확인은 한 거냐?"

"1층엔 슬라임이나 이상하게 생긴 뱀 같은 것밖에 없어. 전부 확인은 안 했지만."

"그…… 이그닐은 어디서 구한 거고?"

"나도 잘 모르겠어. 가스 같은 게 올라와서 취한 듯이 걸었거든. 나간 것도 이그닐이 길을 알려줘서 나올 수 있었어."

이그닐은 고목나무의 매미처럼 내 다리에 매달려 있었다. 조용히 있는 게 나를 돕는 길이라는 걸 파악한 듯 내 냄새 같은 걸 각인시키는 데 바빴다.

"일단 들어가 보는 수밖엔 없겠군."

민식은 완전무장 상태였다.

팔라딘의 망토와 다르한의 검, 그 외 못 봤던 장비들을 몇 가지 착용하고 있었다.

심안을 열어 녀석의 상태창을 살펴보았다.

[정보가 갱신됩니다.]

이름: 김민식(value-지배 불가)

직업: 마검사

칭호:

- 능숙한 경험자(4Lv, 힘+5)
- 괴물 학살자(5Lv, 힘+7)

능력치:

힘 57(45+12)a 민첩 45(42+3)a 체력 50a

지능 42(40+2)b 마력 63(60+3)s

잠재력(237+20/433)

특이 사항:

-검법에 대한 깨달음이 잠재력을 소폭 상승시켰습니다.

-많은 영약의 흡수로 체질이 변했습니다.

스킬: 월광(3Lv), 원소마법(5Lv), 심판자(4Lv)

착용한 장비: 다르한의 검(마력+1, 월광), 팔라딘의 망토(민첩+3), 태양빛 반지(마력+2), 지혜의 귀걸이(지능+2)

[전후 비교]

힘 35 민첩 24 체력 30 지능 20 마력 15 잠재력(123+1/399)

힘 57 민첩 51 체력 50 지능 42 마력 63 잠재력(237+20/433)

가파른 성장. 굳이 나와 비교하지만 않으면 굉장히 준수했다. 무엇보다 잠재력의 한계치가 늘어나 있었다. 그간 나 몰래 좋은 걸 많이 먹은 듯싶었다.

영약으로 올릴 수 있는 한계치는 450 전후. 그것도 약이 잘 받는 체질이어야 하고, 조화롭게 섭취해야 한다.

그 이후로는 아무리 먹어도 오르지 않는다. 오히려 과도하게 섭취하면 부작용이 생길 가능성마저 있었다.

"조심히 내 뒤를 따라와라. 깊게는 안 들어갈 거다."

아무 준비도 없이 검은색 문에 들어가는 건 자살행위다. 근처만 확인하고 바로 돌아와야 했다.

극도의 긴장.

민식은 천천히 검은 문 안으로 발을 옮겼다.

나도 이어서 문 안으로 들어서자 순식간에 주변 배경이 바뀌었다.

['잠든 별의 던전(5Lv)' 에 입장했습니다.]

"최대한 조용히."

민식이가 주변을 살폈다.

"쉿."

"쉬잇."

검지를 코에 대며 조용히 하라는 행동을 취하자, 이그닐이 고개를 끄덕이곤 내 행동을 따라 했다.

귀엽지만 그래도 용이다. 민식이가 이그닐의 대동을 허락한 건 그 본질이 용이란 걸 잊지 않고 있기 때문이었다.

그래 봤자 1층에 그다지 위험한 괴물은 없지만.

'기껏해야 슬라임과 에일 스네이크 같은 허접한 괴물뿐이지.'

급하게 풀어놓느라 많지도 않다.

500마리 안팎. 던전의 크기를 생각하면 거의 없는 수준이다.

하지만 민식이는 긴장을 놓지 않았다.

대부분의 죽음은 방심으로부터 온다. 특히 이런 한 치 앞을 분간하기 힘든 어두운 던전 안에서는 단 1초의 방심이 죽음을 불러올 수도 있었다.

물론 애당초 이 던전의 주인이 나이니 나는 그다지 긴장을 할 필요가 없었다. 다만, 긴장한 척을 할 뿐이었다.

한참을 걷던 민식이 웬 작은 호수를 발견하곤 멈춰 섰다.

"이건…… 설마 석유인가?"

까만 호수였다. 지하에 매장된 석유가 지면 바깥으로 유출된 것이다.

만져 보고, 비벼보며 냄새를 맡은 민식이가 고개를 끄덕였다.

"진짜 석유로군."

던전의 지하 깊숙한 곳에는 석유가 매장되어 있었다. 나도 그 총량은 정확히 모르지만 엄청난 양이라는 것만은 확실하다. 우리나라가 10년 이상은 충분히 사용할 수 있는 양이라고 추측되었다.

정확한 건 시추를 해봐야 알겠지만, 이 값어치의 막대함을 민식이도 모르진 않을 것이다.

"그리고 이건……."

하지만 석유는 구하는 게 아주 불가능하진 않다.

여러 '문'을 통해 석유 등이 매장된 장소를 찾으면 되기 때문이다.

수많은 희생을 감수해야 한다는 조건이 붙고, 배보다 배꼽이 더 큰 상황이 자주 연출되어 그다지 추천하는 방법은 아니었으나 가능은 하다는 말이다.

하나 더 놀라운 건 석유 호수 근처에 있는 돌이다.

"마나석!"

민식이의 눈이 커다래졌다.

마나석이 지천에 널려 있었다.

심연에선 너무 많아서 쳐다보지도 않는 마나석이지만, 인류에겐 굉장히 중요한 재원 중의 하나였다.

정령과의 계약, 혹은 마법의 강화, 마법이 담긴 스크롤의 제작, 건축이나 장비를 만들 때에도 마나석이 사용되곤 했다.

하지만 그 숫자가 너무 적어 구하기가 하늘의 별 따기였으니 지금 민식이가 저만큼 놀라는 것도 이해는 되었다.

'석유보다 더 중요한 게 마나석이지.'

과거 지구에선 마나석을 가지고서 전쟁이 일어날 정도였다. 그리고 이 던전에 있는 마나석은 심연에 널린 것들보다도 품질이 좋았다.

내겐 그다지 필요가 없지만 인류의 발전에 지대한 영향을 끼칠 건 분명했다. 특히 한국이 '힘'을 갖는 데 열쇠가 될 것이다.

민식이의 눈이 크게 떨렸다.

"어떻게 이런 곳이……."

주변이 다 보물이었다.

민식이의 얼굴에 화색이 돋았다.

어쩌면 녀석의 고민 하나가 이곳에서 풀린 걸지도 모르겠다.

물론 왜 과거에 이런 곳이 알려지지 않았는가에 대한 의문은 있겠지만, 있다가도 없어지고 하는 게 '문'이었으니.

"한성아, 바로 돌아가야겠다."

"더 안 돌아봐도 되겠어?"

"이러고 있을 때가 아니야. 그리고 고맙다."

"뭐가 뭔지는 모르겠지만 고마우면 나중에 그 하몽? 그거 하나 더 사오든지."

"열 개, 백 개도 사다 주마."

민식이의 입가에 미소가 걸렸다.

마나석을 이용하면 아포칼립스 길드의 힘이 단번에 배가 될 거다. 나도 눈뜬장님은 아니었다. 현재 세계의 모든 이목이 한국에 쏠린 것쯤은 알고 있었다.

많이 힘든 상황일 것이다.

아포칼립스 길드 본사에도 사람이 그토록 없었던 걸 보면 엄청난 인력난에 시달리고 있는 게 분명했다.

'그래, 열심히 해라.'

하지만 마나석이 있으면 최소의 숫자로 최대의 효율을 낼 수 있다. 녀석이 잘 활용만 한다면 말이다.

녀석의 성격상 잠시간은 이 던전을 독식하려 하겠지만 나로서도 반기는 일이었다. 나도 던전을 정비할 시간이 필요했다.

더불어 이 던전으로 하여금 인류를 강화시킬 장대한 계획도 세울 수 있게 되었다. 그러려면 역시나 시간이 필요하다.

'내 성장도 도모할 수 있다.'

이 던전은 말하자면 인류의 성장 발판이기도 하지만 최종적으로는 나 '오한성'의 강화를 위한 장소였다.

세계수로 말미암아 빠르게 성장하고 번식하는 괴물들. 인류가 끼어들어 완벽한 '순환의 고리'를 만들면 나는 숨겨둔 이점들을 하나씩 빼먹을 작정이었다.

심연에서 나에게로 물건을 옮기는 것도 한층 수월해지겠지.

마치 퍼즐 조각처럼 세계수가 나타나고, 이그닐이 각성한 덕분에 예전부터 구상만 하던 계획을 실행으로 옮길 수 있었다.

다시금 '문'을 통해 바깥으로 나온 민식이가 말했다.

"이 던전, 아포칼립스 길드가 선점할 거야. 그래도 괜찮지?"

"던전에 주인이 있나. 그런 걸 나한테 왜 물어?"

"네가 최초 발견자니까."

"마음대로 해."

시원스럽게 말하자 녀석이 고개를 끄덕였다.

"내 제안은 여전히 유효해. 우리 길드는 언제나 너를 환영한다."

"뭐야, 술 취해서 까먹은 거 아니었냐?"

"……혼자 위험하게 움직이는 것보다 훨씬 나을 거야."

"생각해 볼게."

"그래 주면 고맙고."

목소리가 다소 누그러졌다.

처음 아포칼립스 길드 본사에서 보았을 때 삭막하기 그지없던 그런 말투가 아니었다.

어깨가 많이 무거웠으리라.

그저 '기억'만을 가지고는 한계가 있었으니까.

하지만 다량의 마나석과 그를 활용할 기억이 만나 활로가 생겼다. 이제야 조금은 안정을 취한 듯싶다.

"가자. 데려다줄게."

"혼자 갈게. 너 엄청 바빠 보이는데."

녀석이 나를 쳐다보며 고민을 했다.

지금 이 시기가 가장 중요하다.

이 위기를 어떻게 넘기냐에 따라서 세계의 정세가 바뀐다.

이윽고 녀석이 한숨을 내쉬었다.

"……이해해 줘서 고맙다."

"친구 좋다는 게 뭐겠냐. 어서 가라."

"그래, 갈게."

손을 흔들며, 다시금 민식이가 학교 앞에 세워둔 차에 올라탔다.

그러곤 부아앙! 소리와 함께 빠르게 도로를 질주하며 사라졌다.

어지간히 급한 모양이었다.

'그럼.'

나는 이그닐을 바라봤다.

이그닐은 여전히 검지를 콧잔등에 올리고 있었다.

피식 웃으며 말했다.

"엄마한테 갈까?"

그냥. 올라가 보고 싶었다.

이 던전의 10층은 심연과 연결되어 있었으니까.

내 지은 이름으로 만들어진 던전이기도 했고, 어차피 1층을 제외하면 텅 비어 있으니 그다지 위험할 것도 없었다.

게다가 이미 던전의 탐색은 끝낸 뒤였다. 우리엘 디아블로의 몸으로 나만이 아는 비밀 루트까지 만들어 둔 뒤였다.

그래서 안전하다고 생각했다.

별일 없을 거라고.

설마 무슨 일이 생기겠냐고.

그저 심연과 내가 가까이에 있음을 느껴보고 싶었는지도 모르겠다.

아니면 또 다른 무언가를 기대했을 수도 있고.

하지만 너무 안일했나 보다.

추악!

가시가 돋아났다.

뒤에서 돋아난 거대한 가시 하나가 내 등을 찌르고 피부를 꿰뚫으며 반대편으로 튀어나왔다.

울컥!

피를 토했다.

갑작스러운, 인지조차 하지 못한 기습에 정신이 어지러웠다.

"아빠!"

이그닐이 비명을 질렀다.

그리고 그 순간.

뚜벅. 뚜벅.

멀리서 발소리가 들렸다.

이내 지척에서 멈춰선 발걸음 소리의 주인이 그 차갑고 아름답기 그지없는 눈빛을 나에게 건네며 입을 열었다.

"그 더러운 벌레에게서 떨어지세요, 이그닐."

익숙한 목소리였다.

하지만 익숙하지 않은 감정이었다.

증오와 혐오를 담은 그 눈이 내 가슴에 비수처럼 날카로이 박혀 들었다.

가시는 내 안에서 빠르게 뻗어 나가며 신체를 파괴했다. 세포를 박멸하고 마력을 죽이는 가시.

라이라 디아블로가 '가시의 여왕'이라 불리게 만들어준 바로 그 가시다.

한 번이라도 찔린 자는 살아날 수 없다고 전해지는 절멸의 무기가 내 신체를 포박한 채 묶어두고 있었다.

"안 돼!"

라이라가 다가오자 이그닐이 막아섰다.

울먹이며 이그닐을 바라보는 라이라는 인상을 찌푸릴 따름이었다.

"이그닐, 왜 그러죠?"

"아빠!"

"……? 로드께선 심연에 계십니다. 저와 함께……."

"그게. 아냐!"

이그닐이 도리질을 쳤다.

하지만 입을 우물우물거리는 게 한계였다.

애당초 이그닐은 태어난 지 얼마 안 된 '아이'다. 말하는 것도 어려워하는, 그저 나와의 '교감'을 위해 애써 무리했을 뿐이었다.

마땅한 단어를 고르기 어려워서 그저 답답해하는 모습.

하지만 라이라는 그저 의아해할 따름이었다.

이어 이그닐에게 손을 뻗자, 이그닐이 그 손을 쳐 냈다.

"이그닐?"

"아빠. 죽이면, 안 돼. 나빠."

"저 벌레는 이그닐의 '아빠'가 아닙니다. 어떻게 인간 따위가 용의 부모가 될 수 있나요?"

"엄마, 나빠!"

하지만 이그닐은 필사적으로 나를 지켜보였다.

라이라의 표정은 당혹스러움으로 물들었다.

이그닐이 자신의 손길을 피하고, 나쁘다는 말까지 입에 담은 적은 처음이니 당황한 것이리라.

하지만 이내 그 '당혹스러움'은 '적의'로 바뀌었다.

"저 벌레가 이그닐에게 나쁜 영향을 끼친 모양이로군요."

절레절레!

"이그닐, 데려다줬어! 엄마, 보러 가자! 하고."

"이 던전으로 데려다줬단 말인가요?"

끄덕끄덕!

이그닐은 필사적으로 고개를 주억거렸다.

그러자 라이라가 나를 내려다보았다.

촤아악!

가시가 빠져나갔다. 나는 그대로 바닥에 쓰러진 채 희미해져 가는 의식을 겨우 붙잡고만 있었다.

"운이 좋구나. 이그닐이 아니었다면 이 자리에서 찢어 죽였을 것이다."

다른 이들이 라이라를 접하면 이런 기분일까?

이처럼 차갑고 이처럼 살벌한 것인지.

우리엘 디아블로로서는 느끼지 못했던 전혀 반대의 감정이다.

"이그닐, 돌아가죠. 로드께서 기다리십니다."

"아……."

이그닐은 라이라와 나를 계속해서 번갈아 쳐다봤다.

그러곤 내게 달려와, 내 이마에 입술을 맞췄다.

쪽! 소리와 함께 다시 고개를 든 이그닐이 울먹였고, 나는 그런 이그닐을 향해 살며시 미소 지었다.

"괜찮다."

이게 맞다.

오한성과 우리엘 디아블로. 나 스스로는 같다고 생각하지만, 다른 이들이 이 사실을 쉽게 받아들일 수는 없는 노릇이었다.

같으면서 다른 존재. 라이라의 저 차가운 눈빛이 말해주고 있지 않은가.

무엇을 기대한 걸까.

왜 던전을 올라왔던가.

어쩌면, 라이라와의 만남을 기대하고 있었던 건 아닐까.

이렇게 될 줄 알면서도. 일말의 희망을 품고서.

"아빠……."

"이그닐."

라이라가 이그닐의 손을 무작정 끌었다.

나는 그저 고개만 끄덕여 보일 뿐이었다.

이어, 라이라가 몸을 돌려 이그닐과 함께 자리를 떠났다.

라이라는 단 한 번도 고개를 돌리지 않았다.

'여전히 예쁘네.'

그 차가운 얼굴을 '오한성'의 내가 직접 마주한 건 처음이었다.

상황은 기대와 달랐으나 감히 기대 이상의 성과를 얻었다.

우리엘 디아블로일 때는 잘 몰랐던 감정. 갈팡질팡하던 그 감정이 그녀를 직접 마주하자 마치 폭포수처럼 흘러내렸다.

아름다웠다. 인간의 눈으로 본 모습이 더더욱 그랬다.

물론 단지 얼굴뿐이라면 요르문간드가 더 아름다울지도 모른다.

그 폭발적인 아름다움은 대적할 자가 없으니까.

하지만 내 눈에 비친 라이라 디아블로는 감히 요르문간드보다도 훨씬 아름다워 보였다.

'이게 사랑이로군.'

작게 미소 지었다.

잊고 있었던 감정이다.

차가운 심장이 그녀를 직접 마주하자 불에 덴 듯 뜨거워졌다.

어쩌면 가시에 맞아서일지도 모른다.

신체가 파괴되어 가는 그 감각마저도 신비롭다. 이 모든 게 '라이라 디아블로'로부터 시작한 것이었으므로.

'그럼…… 이대로 죽을 순 없지.'

목표가 하나 더 생겼다.

벌레.

그녀에게 있어서 지금의 나는 그와 같다.

그러나 언제까지고 그 자리를 고수할 생각은 없었다.

고치를 짓고 다시금 태어나 아예 다른 종으로 진화할 것이다.

내겐 그럴 수 있는 힘이 있었다. 무한한 가능성이라는 이름의 힘이.

숨을 헐떡이며 자리에서 일어나, 겨우 벽에 등을 기댔다.

그리고 가부좌를 틀고 앉았다.

'태을무극심법.'

바람이 분다.

전보다 조금 더 달콤한 향기를 흩뿌리는 바람이.

일망무제.

아득하게 끝없이 멀어서 눈을 가리는 것이 없는 그곳.

망망대해, 혹은 무한한 사막과 같은 장소.

나는 현장에게 물었다.

'혹시 그곳에도 내가 느끼는 감정이 존재합니까?'

현장은 답하지 않았다.

어쩌면 답할 필요가 없는지도.

'가시'는 실시간으로 나를 좀먹었다.
전신이 순식간에 말라비틀어지고, 머리카락이 빠지며 몰골이 상접한 수준에까지 이르렀다.
이는 라이라 디아블로의 권능과도 같았다.
'찔리면 죽는다'는, 절대절명의 가시를 지닌 게 라이라 디아블로였고 그래서 '가시의 여왕'이라 불리며 모든 괴물의 두려움을 샀다.
더욱 두려운 건 이 가시는 상대를 완벽하게 파괴시킨다는 것이다.
육체적으로도, 정신적으로도.
그러나 나는 견뎠다. 견뎌내고 있었다.
적어도 정신만은 견고하게 지켜냈다.
'작은 바람은 이내 큰 태풍이 되어 모든 것을 휩쓸도다.'
태을무극심법.
암령을 가둘 때, 현장이 내게 알려준 구결이다.
하지만 나는 내심 고개를 저었다.
바람의 구결은 분명히 파괴적이지만 지금 상황에서 필요한 건 아니었다.
'바람은 결국 흘려보내는 힘이다.'

억지로 씻겨낼 수 있을진 모른다.

그러나 가시가 뚫어버린 그 빈자리를 다시 채울 순 없었다.

하여, 나는 이 가시마저도 품고자 했다.

'바람은 흘려보낸다. 땅은 심고, 물은 키우며, 불은 순환한다.'

나는 사속성의 원칙을 떠올렸다.

지금 내게 필요한 건 '키우는 힘'이다.

물은 모든 걸 받아들이고 성숙시킨다. 내 몸에 자리 잡은 가시는 너무나도 악했다. 하지만 물은 그 악마저 받아들이며 가시에 유연함을 부여할 것이다.

나는 더없이 넓은 바다를 상상했다.

끝없이 펼쳐진 바다는 언뜻 일망무해의 구결과 닮았다.

그러자 머릿속으로 현장의 또 다른 '목소리'가 들려왔다.

'지혜의 물은 만물의 바탕이 되어 가장 낮은 바닥을 휩쓸도다.'

부르르르!

그 목소리를 듣자마자 전율이 일었다.

현장의 가르침. 그는 내게 나아가야 할 길을 제시해 주고 있었다.

나는 구결을 되뇌었다.

그러자 죽어가던 세포의 위로 잔잔한 물결이 들어찼다.

밑바닥부터 차오르던 물결은 순식간에 머리끝까지 올라, 죽은 것을 살리고 거친 것을 깎아내며 성숙해지는 시간을 주었다.

그리고 그 과정에서 나는 작은 '빛'을 발견했다.

'이그닐이 내게 선물한 빛이구나.'

떠나기 전, 이그닐은 내 이마에 입을 맞췄다.

'빛'은 나를 지탱해 주고 있었으며 내가 버틸 수 있도록 도와줬다. 그저 나만의 힘으로 '반드시 죽는 힘'을 버틴 것은 아니라는 뜻이었다.

이내 그 빛은 물은 만나 더욱 크게 번져 나갔다.

물과 빛은 가시의 악을 빼앗고 올바르게 성장시켰다.

그러자.

['현안의 가호' 그 자체를 이어받았습니다. 현안의 주인이 오로지 한 사람에게만 부여하는 진실 된 힘입니다.]

[알 수 없는 이유로 '현안의 가호'의 힘이 강대해졌습니다.]

[알 수 없는 이유로 '가시의 권능'이 변질되었습니다.]

[두 힘이 체내에 머무르며 좋은 효과를 냅니다.]

[환골탈태(換骨奪胎)가 진행됩니다.]

[태을무극심법의 3→4성으로 상승했습니다.]

전신에 다시금 살이 붙고 머리카락이 자라났다.

쉴 새 없이 뼈가 움직이며 최적의 신체를 만들기 시작했다.

마음이 편해지고 새로운 활력이 생겨났다.

이그닐, 그리고 라이라의 선물이었다.

'잠든 별의 던전'에 대한 본격적인 공략이 시작됐다.

동시에 본격적인 시추작업도 진행되었다.

석유의 매장량을 알아보기 위한 대대적 공사.

물론 바깥에서 들여온 불이나 기계는 던전 안에서 제대로 작동을 안 하지만, '던전 안에서' 모든 걸 해결하고 만들 수 있다면 이야기는 달라진다.

모든 재료를 던전 내에서 조달하고 백 명이 넘는 전문가들이 머리를 맞대 설계도면을 그리고 만들며 최대한 비슷한 기계를 만들어냈다.

나머지 아포칼립스 길드의 길드원들은 전폭적인 지원을 받으며 '마나석'의 채취와 사냥에 나섰다.

최대한 은밀하게 했지만 이만한 규모이다 보니 소문이 안 날 수가 없다.

-아포칼립스 길드의 은밀한 작업.

-마나석이 세계의 주요자원으로 떠오른다.

-혁신적 발견, 인간의 한계를 뛰어넘다.

-스크롤. 세상을 바꾸다.

정확히 석 달.

기다렸다는 듯이 기사가 나고 세계적인 뉴스거리가 되었다.

그 중심에는 아포칼립스 길드와 길드마스터 김민식이 있었다.

마법과 마나석의 결합으로 단순히 '과학'만으로는 불가능하던 것들을 만들어내고, 특히 마법이 담긴 '스크롤'을 대량으로 보유하며 엄청난 속도로 덩치를 불려 나갔다.

하지만 그 이면에는 '잠든 별의 던전'이 있었다.

정보가 빠른 사람들, 세계 각국의 정보기관은 모든 마나석이 바로 그 던전에서 나오고 있다는 걸 알아차렸다.

뿐만인가?

"던전의 2층에만 올라가도 쉽게 구할 수 없는 진귀한 물건들이 지천에 널렸다고 합니다."

"얼마 전에 1,200억에 낙찰된 '별의 심장'이 있죠? 세상에서 가장 큰 다이아몬드 말입니다. 그 던전에서 나왔다더군요. 허, 참."

"각종 마법 장비, 희귀한 괴물, 운이 좋으면 특수한 스킬을 얻거나 특수한 직업이 담긴 유물을 찾을 수도 있다던데……."

"왜 우리나라엔 그런 던전이 없는 거야? 정말 한국에 뭐라도 있는 건가?"

'한탕'을 노리는 사람들도 늘어났다.

세계적인 현상이었다. 몰래 밀항을 해서라도 한국에 들어오려는 사람이 늘어났다.

나찰산과 지혜의 나무, 그리고 잠든 별의 던전에 들어가기 위함이다.

어두운 던전의 안을 100명의 무리가 걷고 있었다.

그들은 각자가 무기를 든 채 대열을 유지하며 절도 있는 움직임으로 주변을 살피는 중이었다.

끝에 있는 사람들이 횃불을 들고, 유사시에 사용하기 위한 '공격 스크롤'을 한 장씩 가지고 있었다.

그리고 가장 앞에 선 남자가 지도를 펼치며 턱을 쓸었다.

"분명히 이 주변에 '드라코'가 있을 텐데……."

드라코. 두 발로 서는 도마뱀과의 괴물이었다. 하급이지만 '용종'으로 취급받고 있는 7Lv의 괴물로 포획할 수만 있다면 그 가치는 상상을 초월했다.

하나 더 비싼 건 드라코의 알이다. 알을 구할 수만 있다면 일확천금도 가능하다.

"저희가 드라코를 사냥할 수 있겠습니까?"

"쪽수에 장사 없다. 제아무리 7Lv의 괴물이라도 우리들이면 충분해."

그들은 용병이었다. 나름 난다 긴다 하는 세계 각지의 용병들이 모여서 '한탕'을 위해 던전에 입성했다.

자신의 실력에 대한 자신감과 몇 차례 험한 도전을 성공한 전례가 있었기에 그들은 또 다른 모험에 참전한 것이었다.

이번 일을 위해 엄청난 투자가 들어갔다.

이 지도만 해도 백만 달러였다. 드라코의 정보와 공략법, 스크롤을 사는 데에는 그 곱절이 들어갔다.

반드시 성공해야 했다.

크르르르릉.

그때, 지척에서 괴물이 우는 소리가 들렸다.

쿵! 쿵! 쿵!

크롸아아앙!

그러기 무섭게 두 발로 달려든 드라코가 가장 선두에 있었던 남자 한 명의 상반신을 그대로 집어삼켰다.

영락없는 공룡과 비슷한 형태의 드라코는 그 크기만 4m에

달했으며, 강철보다 단단한 이빨로 단번에 남자의 상반신을 찢어버렸다.

"겁먹지 마라! 놈만 잡아갈 수 있다면 이딴 용병 따윈 더 안 해도 될 정도의 돈이 들어온다!"

세계에는 부자가 많다.

희귀한 것을 위해 돈을 낼 부자는 넘쳐 났다.

"'불의 그물'을 담은 스크롤을 사용해!"

불의 덫이라 불리는 스킬이 담겨 있는 스크롤을 찢자, 허공에서 정말 불로 이루어진 그물이 내려와 드라코를 감쌌다.

카아아아!

드라코가 잠시 그물에 걸려 발버둥을 치자 사람들은 너 나 할 것 없이 무기를 꺼내 들었다.

"눈! 눈을 노……!"

콰악!

하지만 선두에 선 남자는 미처 말을 끝내기도 전에 생을 달리할 수밖에 없었다.

그의 바로 뒤에 어느새 또 다른 드라코가 서 있었기 때문이다.

"두, 두 마리가 한 번에!"

"도망쳐!"

두 마리를 동시에 상대하는 건 무리다.

산전수전 다 겪은 용병들이기에 확신했다.

하지만 이내 불의 그물을 찢겨낸 드라코가 괴성을 지르며 길을 막아섰다.

"아아악!"

"사, 살려줘!"

아비규환.

마치 개미를 밟듯 드라코들은 용병들을 학살했다.

드라코는 빠르다. 꼬리를 이용할 줄도 안다. 무엇보다 지능이 뛰어나 사람들을 몰아넣으며 사냥할 줄 알았다.

순식간에 100명의 숫자가 10명 이하로 남았다.

"아, 아아……."

던전의 끝에까지 몰린 용병들은 몸을 덜덜 떨었다.

90명이 넘는 인원이 죽는 데 들어간 시간은 불과 20여 분이었다.

그 시간 동안 도망갔으나 구석에 몰렸다. 드라코들이 몰아넣은 것이다.

드라코들은 마치 장난감을 다루듯 그들에게 다가가고 있었다.

살아남은 용병들은 아예 눈을 감아버렸다.

하지만 용병들을 지척에 둔 드라코들이 순간 멈춰 서며 고개를 돌렸다.

크라락?

크르륵?

드라코들은 잠시 고개를 갸웃했다.

하지만 바로 그때, 거대한 그림자가 드라코들의 위에 덧씌워졌다.

드라코들이 고개를 들었다.

그러곤 동시에 얼음처럼 굳어버렸다.

스으으읍.

후우우우우우.

더욱 거대한 백색의 용이 콧김을 내뿜으며 드라코들을 내려다보고 있었다.

34장
멸제의 카르페디엠

드라코들은 굳었다. 공룡의 형상을 띠고 있다고 한들 드라코는 결국 진짜 용의 아류일 수밖에 없었다. 힘과 크기, 마력, 모든 면에서 용에 미치지 못한다.

포식자를 잡아먹는 포식자.

먹이사슬 최상위의 존재!

그것이 진짜 용이었다.

그 크기가 압도적이라 할 수는 없으나 신장만 8m에 이르는 그 크기만으로도 전율을 일게 할 만큼의 위압감을 가져다주었다.

콰아악!

백색의 용이 드라코의 머리를 입으로 물었다.

쿵!

그 상태로 마구 흔들어 벽에 내동댕이쳤다.

키라라락!

하지만 쥐도 몰리면 고양이를 문다. 남은 한 마리의 드라코가 백색의 용을 향해 몸통을 내던졌다.

그러자 백색의 용이 잠시 주춤거렸고, 벽에 처박혔던 드라코가 고개를 털어내며 일어나 그대로 머리를 들이받았다.

두 마리의 합공에 백색의 용이 잠시 밀리는 것처럼 보였다.

마구 할퀴고 물어뜯으며 단숨에 공방을 전환시킨 것이다. 백색의 용에게 시간을 주어선 안 된다는 걸 본능적으로 깨달아서인지도 모른다.

철그럭!

철이 바닥에 끌리는 소리와 함께 한 남자가 등장했다.

전신을 은빛의 갑옷과 투구로 감싼 남자는 붉은색의 망토를 걸친 채, 팔짱을 끼며 그 광경을 지켜보고 있었다.

"봐라, 힘들 거라고 했잖아. 괜히 오기는."

크롸아아아앙!

그에 대답하듯 백색의 용이 괴성을 내질렀다.

꼬리를 털어내며 한 마리를 던져 버린 백색의 용이 그 틈에 크게 날개를 펼쳤다.

철도 잘라 버릴 듯 예리하기 그지없는 그 날개가 마치 사람의 팔처럼 자유자재로 움직였다. 드라코의 공격을 막아내고, 살점을 잘라내는 게 영락없는 권투를 연상시켰다.

"우, 우리가 뭘 잘못 보고 있는 건가?"

"어쩌면 죽어서 꿈을 꾸고 있는 걸지도……."

용병들은 그 믿기지 않는 광경을 넋을 놓고 바라봤다.

용이라 하면 지상을 녹이는 강력한 숨결을 내뿜고, 상상을 초월하는 마법을 사용하며 그 육중한 몸으로 모든 걸 파괴시키는 괴물이었다.

하지만 지금 눈앞의 백색의 용은 달랐다.

언뜻 권투를 하는 것도 같았으나, 더 자세히 보면 영락없는 '검술'이었다.

날카로운 두 개의 검을 드라코를 상대로 시연하는 듯했다.

저게 정말 용이라고?

"공격만 하면 뒤가 비잖아."

은빛의 기사가 말하기 무섭게 나머지 드라코 한 마리가 백색의 용의 꼬리를 물었다.

캬아아아아악!

갑작스러운 기습에 백색의 용이 몸을 부르르 떨며 발악을 했고, 나머지 한 마리가 그사이에 목을 물며 줄다리기를 시작했다.

"이럴 줄 알았다."

스릉!

쯧쯧 혀를 찬 은빛의 기사가 검은색의 검 한 자루를 꺼냈다.

검은 어둠마저 빨아들이는 진짜 검은색이었다.

투욱!

바닥을 차고 뛰어오른 기사가 그대로 허공에서 곡예를 펼쳤다. 몸을 회전시키고, 그 회전력을 이용해 계속해서 검을 휘둘렀다.

닿지도 않는 검을 휘둘러서 의미가 있을까 싶었지만, 그 생각이 착각이라는 걸 깨닫는 데에는 많은 시간이 걸리지 않았다.

좌악! 좌아아악!

베인다. 드라코의 살점이 파이고, 파이며, 전신에 거대한 검상이 새겨지기 시작했다.

"검기(劍氣)?"

"검기를 저 거리까지 발출할 수 있다고?"

"말도 안 돼……."

검을 다루는 사람은 많다.

초인의 세계가 되고 벌써 반년이 넘게 흘렀다.

원래부터 '검의 대가'라고 불리던 자들은 다른 이들보다 빠르게 강해지며 이름을 떨쳤고, 개중에는 아주 '특별한 힘'을 깨달은 사람도 더러 있었다.

예컨대 검에 마력을 덧씌워 형상화할 수 있는 사람들.

하지만 그 누구도 저처럼 덧씌운 기운을 발출하진 못한다. 아직 그 단계에 도달한 사람은, 적어도 인류엔 없었다.

키에에에엑!

무한하게 날아오는 검기의 향연을 못 이기고 드라코 한 마리가 물고 있던 꼬리를 뱉었다. 그러곤 뒤로 물러서며 거친 숨을 내몰아쉬었다.

동시에 타깃이 바뀌었다.

쉬이이이익!

바람이 불었다. 은빛 기사를 중점으로.

바닥에 착지한 기사는 바람을 타고 드라코를 향해 더욱 빠르게 달려 나갔다.

하지만 바람뿐만이 아니다.

거대한 헤일도 함께 몰아치고 있었다.

마치 그런 기분이 들었다.

드라코는 한쪽 눈만을 겨우 뜬 채로 기사를 향해 달려들었다.

그리고 일격(一擊).

기사의 검이 드라코의 복부를 꿰뚫는 그 순간.

퍼어어엉!

마치 풍선처럼 꿰뚫린 상처를 중심으로, 드라코의 배에 큰 원이 뚫렸다.

주변으로 살점이 떨어지고 피가 낭자했지만 은빛의 기사는 개의치 않았다.

쿵!

마침내 드라코 한 마리가 눈을 감았다.

"도와줄까?"

크롸아아앙!

백색의 용도 지지 않겠다는 듯 나머지 드라코를 무섭게 몰아쳤다.

그 광경을 바라보던 용병 중 하나가 크게 외쳤다.

"거, 검신 아르켄!"

"검신 아르켄? 저 사람이?"

모두가 눈을 동그랗게 떴다.

아르켄이란 이름은 본래 '경합'에 참여한 자들만이 알고 있었다.

그런데 두 달 전인가.

은빛의 갑주와 투구, 붉은 망토를 휘날리며 한 기사가 느닷없이 나타나 '비의 왕 아리수'를 죽였다.

보라색 문에서 갑작스럽게 튀어나온 괴물 중의 괴물. 순식간에 1천 명의 생명을 앗아간 그 거대한 괴물을 10분도 안 되어 혼자 처리해 버린 것이다.

그 뒤로 위급 상황이 생길 때마다 나타나 유명세를 탔다.

괴물만 처리하면 홀연히 사라지는 탓에 그의 정체를 알 수는 없었지만, 세간에서 그 기사는 이렇게 불렸다.

'검신'이라고.

혹은 이렇게 불리기도 하였다.

'용의 기사'라고.

크르릉!

백색의 용, 이타콰가 남은 한 마리의 드라코를 죽이곤 콧김을 내뿜었다.

아르켄으로 추정되는 기사는 이타콰의 콧잔등을 쓸어주었다.

그리고 이타콰가 쓰러뜨린 드라코에게 다가가더니 배 부근을 검으로 주욱- 갈랐다.

그러자 푸른색의 알 하나가 모습을 드러냈다.

드라코는 캥거루처럼 배의 피부를 한 겹 더 겹쳐 주머니를 만드는데, 거기에 알을 품고 다니곤 하였다.

엄청난 신축성과 어지간한 타격에도 꿈쩍을 안 하는 내구도를 가지고 있는 덕분에 알은 무사했다.

"괜찮은 개체로군."

그것을 바라보던 기사가 고개를 끄덕이곤, 알을 챙기며 앞으로 걸어 나갔다.

용병들 따위는 전혀 신경도 안 쓴다는 듯.

크르렁.

그 뒤를 용이 따랐다.

"검신 아르켄과 그의 용을 보다니……."

"꿈인가?"

용병들은 어안이 벙벙했다.

하지만 이곳은 던전의 4층이었다.

아직 인간의 발길을 허락하지 않은 장소.

드라코의 시체를 보곤, 정신이 바짝 들었다.

"빠, 빠져나가야 돼."

"4층은…… 역시 무리야……!"

천하의 아포칼립스 길드도, 바람의 노래 길드도 4층의 공략은 '불가능'하다고 못을 박았다. 하지만 일확천금을 노리는 몇몇 이가 도전했고 모두가 같은 결말을 맞이했다.

자신은 다를 거라고 생각한 것 자체가 잘못됐던 것이다.

용병들은 급히 던전의 탈출을 꾀했다.

아직 인간의 발길을 허락하지 않는 4층.

유일하게 그곳에 있을 수 있는 인간이라면 역시 검신 아르켄뿐이라고 생각하며.

콧노래를 부르며 푸른색의 알을 바라봤다.

'민첩한 드라코의 알.'

잠든 별의 던전에선 세계수의 영향 때문인지 이처럼 간혹 특이한 개체가 태어나곤 했다. 같은 괴물보다 적어도 0.5레벨 이상 강했으며 아주 뛰어난 개체는 2레벨에 가까운 차이를 보이기도 하였다.

나는 던전의 4층에서 그런 특별한 개체를 따로 수집하고 관리하는 중이었다.

'던전 생태계의 정상적인 순환을 위해선 어쩔 수 없지.'

특이한 개체는 소외당한다. 같은 종족의 일원으로 받아주지 않거나, 태어나자마자 물어 죽이는 경우도 많았다.

하지만 이런 개체가 성장을 끝마치면 집단을 이끄는 대장이 된다.

게다가 특이 개체가 이끄는 집단은 더 강력한 힘을 발휘한다는 걸 몇 번의 실험을 통해 확인하게 되었다.

순식간에 성장을 끝마치는 종족에 한해서이긴 하지만, 다른 종족이라고 하여 다르진 않을 것이었다.

'4층은 아직 정복되어선 안 되는 장소니까.'

4층은 일부러 강한 괴물들로만 채워 넣었다.

그 이상으로 올라오지 못하게 하기 위함이다.

아까 본 용병들은 4층에 올라왔다가 거의 전멸하지 않았던가.

'문이 상당수 분열되었나 보군. 아포칼립스 길드가 놓친 문이 있는 걸 보니.'

모든 '문'은 많은 사람이 들어가면 분열하며 늘어난다. 최대한 통제를 하고 있을 테지만 이처럼 용병들이 올라온 걸 보면 모두 통제되고 있지는 않은 모양이었다.

'내가 전부를 챙길 순 없다.'

하지만 불법으로 침입한 사람들까지 챙길 여력이 없었다.

특히 요즘엔 더욱 그랬다.

나는 숨겨진 '벽'을 통해 넓은 공간으로 들어갔다.

키룩?

캬우웅!

이 역시 세계수처럼 숨겨진 던전의 장소 중 하나였다.

안으로 들어서자 수십 마리의 특이 개체가 나를 바라봤다.

대부분이 아직 어렸다.

이 일을 시작한 지 이제 고작 두 달이니 그럴 만도 했다.

트롤, 와이번, 미노타우르스부터 웨어울프 등이 있었다.

"왔느냐?"

그리고 그 가운데 정신이 번쩍 들 정도의 미녀가 자리하고 있었다.

요르문간드.

오래전 세계를 삼킨 뱀의 화신인 그녀가 자처하여 괴물들을 돌보는 중이었다. 솔직히 나도 조금 의외였다. 잡아먹을 줄 알았는데 '이런 경험도 신선하다'며 제법 정상적으로 일을 하고 있었다.

크르릉!

"흥, 도마뱀 주제에 어딜 고개를 빳빳이 드느냐?"

다만, 이타콰와 요르문간드는 사이가 안 좋았다. 개와 고양이 같은 사이였다. 둘은 서로 보기만 하면 그르렁대며 싸웠다.

어깨를 으쓱하고 오늘의 수확물을 꺼내 놓았다.

"오늘은 드라코의 알을 구해 왔다."

"호오. 드라코라면 그 맛있어 보이던 하급 용종 말이로구나."

"먹지 마라."

성인 남자 머리 세 개는 합쳐 놓은 크기의 알을 요르문간드에게 넘기고 목을 풀었다. 이곳엔 각종 개체의 부화를 위한 장소나 도구도 모두 준비가 되어 있었다.

"확실히 짐이 선택한 남자답군. 그대가 강해짐에 따라 짐의 존재력도 빠르게 팽창하고 있도다."

"아직 멀었어."

지난 3개월.

나는 분명히 강해졌다.

이 던전은 그야말로 나의 성장을 위해 생겨난 던전이라 해도 과언이 아니었으므로.

'내가 만들고, 내가 공략한다.'

내 성장에 최적화된 괴물들을 꾸려 집어넣은 뒤 그 괴물들을 공략하며 커가는 방식을 사용했다. 어느 정도의 수준에 이를 때까지 이 방법은 매우 주효했다.

더불어 특이 개체도 따로 관리하며 동시에 던전도 꾸려 나가는 중이었다.

나는 허공에 십자 인을 그었다.

[상태창이 갱신됩니다.]

이름: 오한성

직업: 천지인(天地人)

칭호:

- 오한성(無, 순수 마력 10당 모든 능력치+1)
- 열두 시련의 파훼자(6Lv, 지능+9)
- 놀 궤멸자(5Lv, 체력+7)

능력치:

힘 77(70+7) 민첩 75(63+12) 체력 81(67+14)

지능 70(49+21) 마력 78(66+12)

잠재력(315+66/483)

잠재 능력치: 4

스킬: 심안(9Lv), 지배자(9Lv), 전이(???), 냉혈(7Lv), 칠흑의 손길(7Lv), 요리(4Lv), 정령사(4Lv), 대장장이(5Lv), 진 · 탈혼무정검(6성), 백보신권(6성), 금강불괴(6성), 태을무극심법(4성), 탐식(無)

[전후 비교]

힘 67 민첩 62 체력 66 지능 66 마력 72 잠재력(267+66/475)

힘 77 민첩 75 체력 81 지능 70 마력 78 잠재력(315+66/483)

환골탈태 이후 잠재력이 상승하고 특히 체력이 가파르게 늘어났다.

최초로 80을 넘기며 하나의 '벽'을 넘어선 것이다.

종합 능력치를 합산하면 무려 381이었다.

보통 종합 레벨은 능력치 50을 기준으로 1씩 올라가니, 이를 단순히 계산하면 나는 벌써 8레벨의 구간으로 들어선 것이다.

과거로 돌아오고 대략 1년이라는 걸 감안하면 정말 '말도 안 되는' 속도의 성장이었다.

나를 죽였던 '하늘까지 닿는 뱀, 안다니우스'도 9레벨의 괴물이었다.

물론 거의 10레벨에 다다랐을 것으로 추정이 되기는 하지만 레벨로 따지면 1밖에 차이가 안 나는 셈이다.

'보통 종합 레벨 8부터 성장이 극악하다고 전해지지.'

이제부터가 승부처였다.

아무리 잠재력이 높다고 해도, 성장의 벽에 가로막히면 평생 그 잠재력을 채우지 못하는 경우가 더 많았다.

끊임없이 더 강한 괴물과 사투를 벌여야 한다.

당연히 성장을 하면 할수록 더 강한 괴물이 필요한데, 최근에는 그 괴물의 공급이 불가피하게 변했다.

"자야겠군."

"또 다른 '왕의 힘'이 깨어날 때인가 보구나. 후후, 요즘 짐은 그대가 언제 잠드나 기대하게 되었다. 최근 며칠, 유독 힘이 요동치더군."

요르문간드가 입술을 훑으며 나를 맛있는 먹이 바라보듯 바라봤다.

내가 성장함에 따라 요르문간드도 성장하고 있었다.

특히 '데몬로드'의 행동 역시 그녀의 존재력을 크게 하는데 도움을 줬다.

그녀가 말하는 최근에는…….

"한동안 돌아오지 못할지도 모른다."

"걱정 말거라."

요르문간드가 자신 있게 말했다.

존재력이 회복되며 그녀의 '격'은 나날이 높아지는 중이었다.

이타콰가 있으니 안심이 되지만 만약의 상황에서 그녀 역시 도움이 될 터였다.

나는 고개를 끄덕이고 지어놓은 오두막집 안으로 들어갔다.

그리고 침대 위에 누웠다.

'전이.'

[전이가 시작됩니다.]

휘이잉!

거친 흙냄새를 맡으며 잠에서 깨어났다.

"깨어나셨군요."

내 앞에 무장을 끝마친 라이라 디아블로가 있었다.

그녀의 주변으로 500의 창기병이 도열해 있었다.

거대한 막사. 바깥에는 이미 야차와 구화랑, 그리고 심연의 지평선에서 고용한 용병들과 복제된 쉐도우 나이트 900기가 자리 잡은 상태였다.

"로드시여? 제 얼굴에 무엇이 묻었습니까?"

뻔히 라이라를 쳐다보는 나를 향해 그녀가 고개를 갸웃했다.

나는 시선을 돌리며 자리에서 일어났다.

그리하여 막사 밖으로 나서자 거대한 산이 보였다.

멸제의 카르페디엠. 놈의 병력이 산 전체에 퍼져서 나를 막아서고 있었다.

'전쟁.'

최근 던전에 괴물을 공급하지 못한 이유.

정신없이 바빴던 이유는 바로 전쟁 때문이었다.

멸제의 카르페디엠.

악연으로 똘똘 뭉친 그놈과의 끝장을 보기 위해 나는 움직이는 중이었고, 마침내 놈의 턱 밑까지 칼을 들이밀 수 있었다.

수차례의 접전.

그리고 저 산만 넘으면 이 전쟁도 거의 막바지다.

나는 라이라를 향해 말했다.

"'뒤섞인 공포'를 풀어라."

놈에게 진정한 공포를 가르쳐 주라고.

과거 한국을, 나의 나라를 멸망시켰던 그 괴물이 이번엔 멸제의 카르페디엠을 멸망시킬 것이었다.

"명을 따르겠습니다."

라이라의 표정은 한없이 무거웠다.

공과 사의 구분.

이곳은 전장이었고, 자신의 존재가 이 피의 향연에서 얼마나 중요한지 그녀는 알고 있었다.

나는 뒤섞인 공포를 적진의 한가운데 풀고자 움직이는 라이라 디아블로의 뒷모습을 잠시 바라보고만 있었다.

이제 곧 수많은 이동 마법에 의하여 뒤섞인 공포가 적진에 떨어지거든, 라이라를 필두로 하는 진격전이 시작될 것이다.

하지만 나는 아직도 망설이는 중이었다.

'오한성이 나의 아바타임을 밝힌다면 라이라는 받아들일 수 있을까.'

아바타. 또 다른 비슷한 말로는 분신.

물론 어느 쪽도 분신은 아니다. 우리엘 디아블로도, 오한성도 모두가 '나'였다.

하지만 그것을 말한다고 하더라도 라이라는 절대로 받아들이지 못할 것이다. 확신할 수 있었다. 그나마 '아바타'라는 전제를 두는 게 마지노선일 터였다.

문제는 그마저도 받아들일 가능성이 있겠냐는 것.

'쉽지 않겠지.'

나를 보자마자 라이라는 가시를 쏘아냈다.

애당초 마족은 모든 생명체를 내려다본다. 그중에서도 인간은 '벌레'의 이상도 이하도 아니었다.

그냥 보이면 아무런 생각도 없이 눌러서 죽이는 거다.

아무런 죄책감도, 의식도 없이.

그런데 '데몬로드'의 아바타가 인간이라고? 코웃음이나 치지 않으면 다행이다. 다른 마족라면 혐오의 감정까지 드러낼지도 모른다. 하지만 라이라라면 다르지 않을까 하는, 그런 일말의 기대감이 있는 것도 사실이었다.

그 날.

가시에 찔리고 '지혜의 물'을 받아들인 그날부터.

라이라가 계속해서 눈에 밟혔다. 그것은 우리엘 디아블로의 몸으로 현현해도 마찬가지였다.

내 안의 무언가가 바뀌고 있었다.

아마도 그 시발점은 내 안에 박힌 '가시'가 분명했다.

반드시 죽이는 그 힘이, 다르게 변질되며 내게 영향을 끼치는 것이다.

"빠아~"

이그닐이 끙끙대며 내 어깨 위에 올라탔다.

그날 이후 이그닐은 라이라를 피했다. 라이라도 이그닐을 어려워했다.

내가 무사히 살아남았다는 것을 이그닐도 깨달았을 테지만 '그 일'은 아직도 이그닐의 머릿속을 떠나지 않는 모양이었다.

"이제 그만 라이라를 용서하거라."

"싫어!"

이그닐이 도리질을 쳤다.

나는 이그닐의 머리를 쓰다듬으며 말했다.

"또 다른 내가 무사하다는 것을 알지 않느냐?"

"엄마, 나빠. 이그닐 이야기, 안 들으려고 했어."

이그닐이 팔짱을 끼곤 입을 쭉 내밀었다.

대화. 소통의 부재가 있긴 있었다.

라이라는 막무가내로 이그닐을 끌고 가버렸다.

그것이 이그닐은 무척이나 마음에 들지 않았던 듯싶었다.

그러다가 이그닐이 고개를 갸웃하며 물었다.

"왜. 엄만, 몰라?"

"너와 이타콰처럼 깊숙하게 연결되지 않았기 때문이지."

"어떻게 하면, 연결돼?"

"그건 나도 모르겠구나."

애당초 이그닐과 이타콰는 나와 영혼으로부터 이어져 있

었다. 둘의 심상과 감정까지도 나는 느낄 수가 있었고, 심지어는 작고 큰 '권한'마저 공유하는 게 가능했다.

그래서 내 다른 몸을 굳이 알려주지 않아도 알아볼 수 있는 것이다.

하지만 라이라는 그렇지 않다.

그토록 깊은 '유대'가 없었다.

콩. 콩.

이그닐이 가슴을 천천히 내려쳤다.

몇 차례나 보아온 광경이었다.

"이그닐, 여기. 답답해. 아파."

"라이라를 용서하고 싶은 마음과 그러기 싫은 마음이 서로 공존해서 그런 거다."

"……? 어려워."

이그닐이 고개를 갸웃했다.

이그닐은 아직도 어리다. 이타콰도 미련하게 덩치만 컸지 녀석도 결국 본질은 애였다.

이 둘이 나조차도 어려운 감정이란 것을, 마음이란 것을 이해하려거든 멀었다.

"어떻게 하면, 안 아프게 돼?"

"이그닐이 라이라를 용서하고, 라이라가 나를 용서하면 자연스럽게 나을 게다."

이그닐은 고개만 갸웃할 따름이었다.

나는 비밀이 많다.

이 비밀 중 몇 가지는 어쩌면 무덤까지 가지고 가야 할지도 모른다.

하지만 모든 걸 그저 덮어놓을 순 없는 노릇이었다.

'적어도 이 전쟁이 끝나게 되거든.'

멸제의 카르페디엠.

놈 역시 데몬로드다.

내가 온 힘을 다해도 이길지, 어떨지 알 수가 없다.

하나 지게 되면 모든 걸 잃는다.

이런 상황에서 중요한 전력인 라이라에게 큰 혼란을 주고 싶지는 않았다.

그러나…… 이 전쟁이 끝나게 되면.

그때에는.

쿠우우우웅!

광음이 들렸다.

나는 시선을 돌렸다.

산의 중심부.

그곳에 거대한 살덩이 하나가 떨어져 내렸다.

온갖 이동 마법진으로 이동시킨 마왕의 살점, 뒤섞인 공포!

그 살덩이는 경매장에서 보았을 때보다 훨씬 비대해진 상태였다.

'3개월 동안 영지 근처에 풀어놓은 덕분에 주변의 괴물이 씨가 말랐지.'

뒤섞인 공포가 먹는 것은 '생기'다. 모든 생기를 빨아들이고 남은 찌꺼기는 언데드가 된다. 언데드는 또 다른 '생기'를 흡수하여 뒤섞인 공포에게 전해 주고, 계속해서 전염시킨다.

그리하여 성장한 뒤섞인 공포는 한계에 달했을 때 '촉수'를 낳는다.

공격 종양과 방어 종양.

쾅! 콰아아앙!

산이 울린다. 뒤섞인 공포가 낳은 탑과 같이 거대한 살덩이가 따로 분리되어 살상포를 마구잡이로 쏘아대고 있었다.

저게 바로 공격 종양이다.

'한국은 공격 종양 세 개 때문에 멸망했다.'

계속해서 불어났다간 전 세계가 위험했을 것이다.

지금 있는 건 고작 하나지만, 산을 쑥대밭으로 만드는 데에는 충분하다.

나는 작게 미소 지었다.

멸제의 카르페디엠. 놈의 휘하 병력 중 가장 강한 '용아병'이 뒤섞인 공포를 향해 뛰어드는 게 보였다.

쉬이익! 콰득!

그 순간 바닥을 뚫고 문어 다리처럼 생긴 살점이 튀어나와 용아병을 감쌌다. 이후 강한 압력으로 용의 이빨로 만들어졌다던 용아병마저 으스러뜨렸다.

방어 종양. 저게 있는 한 '본체'에는 다가갈 수 없다.

'공략법을 모른다면 지옥 같은 괴물이지.'

그 '공략법'을 알기까지 4천만 명이 넘게 죽었다.

과연 멸제의 카르페디엠은 뒤섞인 공포의 공략법을 알아낼 수 있을까?

쾅! 쾅! 콰아앙!

공격 종양이 미친 듯이 살상포를 쏘아댔다. 닿는 모든 걸 파괴시키는 그 힘에 대기하던 괴물들이 우후죽순 죽어 나갔다.

"불꽃놀이다!"

그 광경을 바라보며 이그닐이 눈을 빛냈다.

산을 깊게 파고 만든 굴.

그 안에 거대한 수정으로 이루어진 벽이 있었다.

그리고 그 수정 안에 있는 것을 멸제의 카르페디엠이 가만히 바라보았다.

"예술이로군."

절로 감탄이 나왔다.

수정의 주변엔 백에 달하는, 후드를 뒤집어쓴 흑마법사들이 육망성의 마법진 위에 올라 알 수 없는 단어로 노래를 부르는 중이었다.

"신화시대 때 신과의 전쟁에서 모든 거인이 죽었다고 알려졌다만……."

아주 먼 옛날.

심연은 천계와도 연결되어 있었다고 전해진다.

하지만 신화 전쟁을 필두로 분리되어 독립된 공간이 되었다.

그리고 그 전쟁을 일으킨 게 바로 '진정한 거인, 요트나르'들이었다.

요트나르.

감히 그 능력이 신과 필적하다고 전해진 거인들.

수많은 신을 죽이고 그들 역시도 멸절되었다고 알려졌지만, 아니었다.

"그저 봉인되어 있었을 뿐."

수정의 안에는 그 크기만 족히 10m는 되어 보이는 거인이 잠들어 있었다.

진정한 거인이라고 하기엔 그다지 크다고 할 수는 없지만,

애당초 요트나르들은 소수의 몇몇을 제외하곤 그 크기가 여타 신들과 비슷했다고 한다.

멸제의 카르페디엠은 이 기회를 놓치고 싶지 않았다.

'요트나르를 손에 넣는다면 제로 님께서도 나를 달리 보실 것이다.'

수많은 어둠의 정령이 수정 속에 함께 잠들어 있었다.

이 공간을 찾으려고 암흑룡을 구매했다.

하지만 엄청난 수준의 봉인 덕택에 아직도 해제를 하지 못했다.

'이곳에 모든 걸 쏟아부었건만…….'

빠드득!

카르페디엠이 이를 갈았다.

우리엘 디아블로.

조금씩 카르페디엠의 수족을 갉아먹으며 마침내 전쟁을 선포했다.

놈의 권능이 무엇인지 아직도 감이 잡히지 않았지만, '망령대왕의 묘'가 있는 이곳까지 들이닥친 이상 마냥 무시를 할 수는 없다.

쿠르르르릉.

동굴이 흔들린다.

전쟁이 시작된 것이다.

"빌어먹을 우리엘 놈!"

여태껏 우리엘이 건드려도 무시했던 이유가 바로 요트나르 때문이다. 모든 걸 쏟아부어 이제 80% 이상 봉인을 해제했는데, 하필이면 이때 우리엘 디아블로가 쳐들어온 것이다.

'그래도 바깥엔 용아병과 골렘들이 있다. 놈의 병력 정도로는 쉽게 뚫을 수 없을 것이다.'

카르페디엠이 파악하기로 우리엘 디아블로의 병력은 고작해야 천 안팎이었다.

반면에 자신이 이끄는 군단은 오천을 넘겼다.

게다가 특수한 골렘과 용아병들은 감히 최정예라 할 수 있었다.

"……로드시여, '구슬'을 보셔야 할 것 같습니다."

위에서 급히 내려온 듀라한 한 기가 카르페디엠을 향해 말했다.

카르페디엠은 눈살을 찌푸리며 바로 옆에 비치된 커다란 구슬을 주시했다.

그러자 산 위의 상황이 모습을 드러냈다.

"저건…… 뒤섞인 공포로군."

미친 듯이 골렘들을 박살 내는 탑과 같이 생긴 살덩이가 있었다.

광선을 동시에 수십 방향으로 쏘아내는데 골렘들은 가까

이 다가가지도 못하는 중이었다.

분명히 경매에선 보이지 않았던 것이다. 뒤섞인 공포의 크기도 저렇게 크지 않았다.

"뿐만이 아닙니다. 라이라 디아블로가 이미 '묘'의 중추로 들어왔습니다."

카르페디엠의 인상이 더없이 굳었다.

"뭐라고? 대체 어느 사이에? 내가 걸어놓은 저주는 아무런 반응도 없었건만!"

"라이라가 이끄는 것이 정체가 불분명한 천여 명의 '망령기사'입니다. 놈들에겐 저주가 잘 통하지 않습니다."

"그럼 막지 않고 뭐 하는 것이냐! 이 찢어 죽여도 시원치 않을 놈 같으니!"

퍼어억!

주먹에 맞은 듀라한의 몸체가 허공에 떠오르더니 바닥에 처박혔다.

그 즉시 카르페디엠의 머릿속에 물음표가 그려졌다.

'망령 기사?'

그에 대한 정보는 없었다.

우리엘 디아블로의 진영에 대해 샅샅이 파악하고 있다고 자부했지만, 천여 명이나 되는 망령 기사를 대체 어디서 구한 걸까?

카르페디엠이 주먹을 으스러지도록 쥐었다.

하나라도 잘못되면 봉인을 해제하려는 모든 노력이 수포로 돌아간다.

“봉인 해제의 의식을 서둘러라!”

흑마법사들에게 지시를 내리고, 카르페디엠은 움직였다.

‘어째서 내가 멸제라고 불리는지 알게 해주마.’

멸제. 신으로부터 부여받은 이름이자, 그 자체의 의미.

그는 지금 매우 화가 나 있었다.

쿠르르르르릉!

산이 거세게 흔들린다.

‘놈’이 출현했다.

“멸제의 카르페디엠.”

놈이 움직이기 시작하면 쉐도우 나이트 천여 기로는 역부족일 것이다. 라이라가 있다손 치더라도 정면에서의 1:1은 무리가 있다.

나는 눈을 감고 잠시 심호흡을 했다.

여기까지 오는 데 상당히 무리를 하였다. 진정한 ‘별들의 전쟁’이 시작되고 가장 먼저 데몬로드를 죽이는 업적을 남기고 싶어서 쉴 새 없이 달려온 것이다.

멸제의 카르페디엠. 놈을 죽이면 그의 파벌도 적으로 돌리는 셈이 된다.

적어도 우호적인 관계로 남아 있긴 힘들겠지.

그래도 해야 한다. 나같이 뭣도 없는 데몬로드가 '이름'을 떨치려거든.

'이름값이 생기면 그 자체만으로도 힘을 얻는다.'

내겐 데몬로드로서의 이름값이 없다.

그러나 모든 데몬로드를 통틀어 가장 먼저 멸제의 카르페디엠을 죽이고, 명예를 드높이면 심연 곳곳에서 내 휘하가 되고자 자처하는 무리들이 생겨날 것이었다.

"아빠…… 힘, 내, 세, 요."

쪽!

이그닐이 또박또박 응원을 전하며 내 목에 입술을 비볐다.

이곳에서 자신이 할 수 있는 게 거의 없음을 알고 있기 때문이다.

하지만 이것만으로도 충분히 힘이 됐다.

나는 이그닐을 조심히 바닥에 내려놓고 몸을 풀었다.

'이 싸움은 시작이다.'

반드시 이겨야 한다.

이겨야만, 모든 것이 가능해진다.

어느 정도 자신도 있었다.

'검은 별.'

우리엘 디아블로가 가진 최강의 마법.

10Lv의 초토화 마법이었다.

유일하게, 다른 것들은 내 본체인 '오한성'에게 동화되며 전해졌지만, 오로지 이 '검은 별'만은 우리엘 디아블로에게 귀속되어 있었다.

스으으으으!

스아아아아아아!

한 발자국, 앞으로 나갔다.

동시에 내 주변의 모든 공간이 더없이 검게 물들며 죽음의 대지로 변했다.

셀 수 없이 많은 '죽음의 손'이 그 공간에서 튀어나와 거대한 파도처럼 울렁이며 나를 옮겨갔다.

목표는 멸제의 카르페디엠.

질긴 악연의 고리를 끊고, 더 높게 비상하기 위한 시작의 전쟁이 막을 올렸다.

라이라는 크게 심호흡을 했다.

뒤섞인 공포. 그 가공할 괴물이 위에서 판을 벌리고 있을 동안, 라이라가 해야 하는 일은 쉐도우 나이트들과 함께 '묘'

의 안을 휘젓는 것이었다.

'로드께선 나에게 숨기는 게 있으시다.'

하지만 라이라는 좀처럼 집중할 수가 없었다.

지난 몇 개월간 라이라를 괴롭힌 것들. 그 '던전'에서 인간을 찌른 이후로부터 모든 게 변한 기분이었다.

피가 튀기고, 살점이 쓸리는 장소임에도 라이라는 우리엘 디아블로가 자신에게조차 무언가를 숨기려 한다는 사실에 상당한 충격을 받은 상태였다.

'어째서 그 인간을 이그닐은 아빠라고 부른 걸까.'

이그닐이 세계수를 통해 사라진 이후 무슨 일을 겪었는지 그녀는 모른다. 그러나 도무지 이해가 가지 않았다. 이그닐은 굉장히 특수하고 똑똑한 용이다.

맹목적으로 이그닐이 따르는 건 자신의 아버지이자 로드인 우리엘 디아블로뿐이었다.

한데…… 고작 인간을 공격했다 하여 이그닐은 자신을 적대하기 시작했다.

있을 수 없는 일이다.

더욱 이상한 건 로드의 반응이었다.

'어째서 인간들 따위가 던전을 휘젓는데 가만히 지켜보라는 걸까.'

기가 찰 노릇이었다. 감히 데몬로드가 지배하는 던전에 인간 따위가 발을 들이다니?

백 번은 죽여 마땅하다. 실제로 라이라는 그들을 모두 쓸어버리려고도 했다.

밟히면 죽을 운명들. 크게 손을 쓸 필요조차 없건만.

하지만 로드의 특명이 있었다.

던전에 관해서는 모든 권한을 박탈하겠다고.

일방적인 통보였고 그에 대한 이유를 말하지도 않았다.

단지, 시간이 지나면 알려주겠다고 할 뿐.

'로드께선 인간에게 유독 우호적이시다.'

알 수 있다.

작은 행동 하나, 말투에서 느껴지는 조그마한 분위기만으로도.

라이라는 그만큼 우리엘 디아블로를, 그에 대한 일거수일투족을 지켜보고 있기 때문이다.

마족은 기본적으로 모든 종족을 아래에 둔다. 우호적인 종족 자체가 있을 수 없었다. 마족이란 종은 기본적으로 다른 종을 증오하도록 만들어진 탓이다.

그것은 전혀 마족 같지 않다고 전해지던 과거의 우리엘도 마찬가지였다. 그 역시 '마족'이라는 틀 안에서 벗어날 순 없었다.

그런데.

'변하셨지.'

100년의 긴 잠에서 깨어난 이후로 그는 바뀌었다.

뭐라고 명백하게 말할 순 없지만 바뀐 것만은 분명했다.

라이라는 그 변화를 나름 긍정적으로 생각했다. 탈피를 하듯 이후 그는 거침없는 행보를 선보이기 시작한 것이다.

하지만 인간에게 특혜를 부여하려는 그 움직임만은 이해하기가 어려웠다.

이러한 고정관념은 수백 년간 쌓여온 것.

결코 한 번에 바뀔 수 없다.

'그 인간…… 대체 누구지?'

무엇보다 시간이 꽤 지났음에도 머릿속을 떠나지 않는 게 있었다.

그 인간 남자, 이그닐이 아빠라고 부르며 따랐던.

자신의 가시는 찔리는 순간부터 극악한 고통과 함께 죽음을 선사한다. 찔린 이상 '죽음'이란 절대 명제를 회피할 방법은 없다.

하나, 그 남자는 너무 초연했다. 죽음을 앞에 두고서도 웃을 수 있었다.

그리고 알 수 없는 '온기'가 있었다.

자신을 바라보는 눈빛. 그것은 마치…… 마치…… 자신이 우리엘 디아블로를 바라볼 때의 그것과 많이 닮아 있지 않던가.

'본 적이 없는 인간이건만.'

애당초 인간을 접할 기회 자체가 없다.

설령 접한다고 하더라도 얼굴을 기억하진 않는다.

벌레의 생김새가 각기 다르다고 하여 그 모습을 굳이 기억하려고 하지 않는 것과 같다.

하지만, 그 남자의 얼굴은 지금도 선명하게 기억이 난다.

그 온화한 눈빛.

욕정을 품거나, 갖고자 하는 열망이 존재하지도 않았다.

그저 따듯하게 바라봤다.

라이라에게 그런 눈빛을 보낸 자는 여태껏 전무했다.

그래서일까.

그래서 유독 기억에 남는 것일까.

'왜 계속 떠오르는 거지?'

라이라는 입술을 깨물었다.

애써 고개를 저었다.

떠올려선 안 된다. 가시에 찔렸으니 어차피 죽었을 것이고, 애당초 특정 인간만을 기억하고 있는다는 것도 말이 안 됐다.

"어딜 보느냐, 라이라 디아블로!"

차아아앙!

듀라한이 거대한 검을 휘둘렀다.

한쪽 머리를 왼손에 쥐고서 괴력을 발휘하는 괴물.

게다가 그는 무려 '이명'이 존재하는 격 높은 듀라한이었다.

"한 번쯤 싸워보고 싶었다. 전장의 표범이라 불리는 그 위명에 걸맞은 실력인지!"

"웃기는구나. 진정으로 내 상대가 될 거라고 생각하는 건가?"

라이라는 피식 웃고 말았다.

아무리 격 높은 듀라한이라고 해도 결국은 듀라한이다.

가시의 권능을 지닌 가시의 여왕을 이길 수는 없다.

라이라가 검은 태양을 들었다. 라이라의 진정한 힘은 이 마검에서 나온다고 해도 과언이 아니다.

싸우면 싸울수록 상대의 마력을 먹어치워 무한하게 싸울 수 있게 만드는 힘!

'지금은 내가 해야 할 일을 하자.'

라이라는 고민을 접었다.

이 전쟁이 끝나면, 승리하게 된다면 그때 말해도 늦지 않으리라.

우선은…… 반드시 이 전쟁에서 승리할 필요가 있었다.

확실한 승리를 위한다면 듀라한만으로 만족해선 안 된다.

최소한 그분이 싸우기 편안한 여건을 만들어야 함이었다.

'모든 건 그분의 영광을 위해.'

박쥐 떼가 거대한 동굴을 휩쓸었다.

셀 수 없을 정도로 수많은 박쥐 떼가 지나간 그 장소는 말 그대로 무(無)가 되었다. 쉐도우 나이트를 비롯한 아군마저도 완전하게 말소시키며 모든 것을 '지워내고' 있었다.

"후회하게 될 것이다. 빌어먹을 우리엘 디아블로 놈……!"

이윽고 박쥐 떼가 합쳐지자 다시금 멸제의 카르페디엠이 나타났다.

수많은 박쥐는 그의 분신이자 본체였다. 그가 가진 권능 중의 하나였으며 그를 나타내는 상징이기도 했다.

이를 간 카르페디엠은 재차 박쥐 떼가 되어 적들을 지워 나갔다. 이 신성한 장소에 이질적인 존재들이 들어오는 걸 그는 결코 반기지 않았다.

그리고 한 지점에 도달했을 때.

잘려 나간 듀라한의 목을 들고서 한 여자가 서 있었다.

그 밑에는 사지가 걸레짝처럼 잘려 나간 듀라한의 몸통이 존재했다.

듀라한은 카르페디엠의 최측근 중 하나였다. 이름 있는 마족 100명을 벤 기사 중의 기사였건만, 라이라 디아블로를 막기는 역부족이었던 모양이다.

순식간에 박쥐 떼가 모여 본체로 돌아간 그가 입을 열었다.

"라이라 디아블로."

"본래라면 너를 유인하는 게 나의 맡은 바 임무였으나."

라이라의 표정은 얼음장처럼 차가웠다.

이것이 그녀의 진정한 모습이다. 적을 앞에 둔 전사의 자세. 오로지 죽음만을 갈구하는 '가시의 여왕'이었다.

그녀는 마검 검은 태양을 들었다.

어둠마저 빨아들일 정도로 새까맣기 그지없는 그 검은 카르페디엠에게도 익숙한 것이었다.

계속된 침략이 저 검과 라이라 디아블로로부터 좌절된 탓이다.

스으윽.

바닥에서 가시가 솟았다. 이윽고 그녀를 감싸더니 은색의 가면이 되었다.

"그러기엔 너와 나의 인연이 무척 길지."

"멍청한 년, 감히 데몬로드인 나를 홀로 상대하겠다고?"

부딪히는 모든 것을 마력으로 전환하는 능력.

더불어 그녀의 권능, '가시'는 정말로 귀찮기 짝이 없다.

죽음이라는 절대 명제를 몰고 다니는 '죽음의 사신'이 있다면 정확히 라이라 디아블로를 가리키는 말일 것이었다.

데몬로드도 아닌 주제에, 데몬로드와 동급 내지 반급 낮은 취급을 받는 게 그녀였다.

하지만 엄밀히 따져 보면 데몬로드와 동급일 수는 없었다.

'싸우면 싸울수록 검에 미쳐 가지.'

마검 검은 태양와 라이라 디아블로가 만나 잠시간 데몬로드급의 힘을 내는 것뿐이다. 무한히 싸울 수 있을지는 몰라도, 과연 무한하게 싸웠을 때 라이라가 라이라라는 정신으로 남아 있을지는 미지수였다.

게다가.

'부딪히지 않으면 그만.'

약점을 아는데 굳이 정공으로 상대해 줄 필요가 없다.

좌아악!

순간적으로 뻗어 나온 검이 허공을 갈랐다.

카르페디엠이 박쥐 떼로 변하여 검의 궤적을 피해낸 것이다.

동시에 수많은 박쥐가 검은색 안광을 쏘아냈다.

욕망 분출!

환각을 일으키는 강력한 저주다. 수많은 카르페디엠이 생겨나며 라이라 디아블로를 전방에서 노려왔다.

라이라가 검을 휘둘렀지만, 모두가 환상이다.
존재하지 않는 걸 때려서 마력을 흡수할 순 없다.
"진짜가 누구 같느냐?"
푸욱!
뒤를 노리던 카르페디엠의 손이 까맣게 물들며 라이라의 복부를 파고들었다.
좌악!
급히 라이라가 몸을 틀어 그를 베어냈다. 그러자 종잇장처럼 찢기며 이내 사라졌다.
그렇다. 환상이 모두 가짜라고 할 순 없었다.
그의 환상은 진짜와 같은 힘을 가진다. 정신과 뇌를 조종해 환상에 당한 상처가 '진짜'가 되도록 만드는 것이다.
"여전히 허튼수작을 부리는구나."
라이라가 검을 세로로 들었다.
동시에 발로 한 차례 땅을 치자.
좌좌좍! 좌좌좌좌좍!
사방에서 수천, 수만의 가시가 돋아났다.
그녀의 권능. 가시 지옥!
환상들이 지워졌다.
많은 박쥐가 죽으며 마력으로 환산되었다. 라이라의 상처가 빠르게 아물었다.

'여전히 귀찮은 능력이로군!'

카르페디엠이 입맛을 다셨다. 저 마검과 라이라의 능력은 정말 까다롭다. 오죽하면 '라이라 디아블로가 전쟁에 참전한다는 소식이 들리면 반대쪽은 무조건 항복을 외친다'라는 말이 심심치 않게 회자될 정도다.

우리엘이 없는 100년간 영지를 이끌어 나간 재목답다.

하나.

'침몰하는 동굴.'

그의 권능은 그것만이 아니었다.

박쥐 떼가 합쳐지며 거대한 그림자를 낳았다.

거대한 박쥐의 형상.

이내 형상 전체가 퍼져 나가듯 동굴의 벽 전체에 달라붙었다.

그리고 좁혀지며 거대한 돔 형태의 새로운 공간을 만들었다.

침몰하는 동굴.

이는 결계의 마법이자 권능이다.

이 공간 안에서 카르페디엠은 진정한 '멸제'가 된다.

"내 '공간 결계' 속으로 얌전히 들어오다니, 그리도 죽고 싶더냐?"

두 발로 서 있으나 박쥐의 날개를 망토처럼 휘두른 카르페디엠이 말했다.

"드디어 썼구나."

"뭐?"

"이 결계를 치면 외부에서도, 내부에서도 유지 시간 안에는 깰 방법이 없음을 안다. 반대로 말하자면 그 시간 동안 너 역시 도망갈 수 없다는 뜻."

"그리고 그 시간 동안 내가 무적이 된다는 걸 알 터인데?"

이 공간 안에서 멸제가 된 자신을 이길 수 있는 존재는 거의 없다.

제로쯤 되지 않으면 말이다.

문제는 이 '공간'이 만들어지기 전에 발을 빼면 그만이라는 치명적인 약점 때문에 그다지 자주 사용하는 수는 아닌데, 라이라 디아블로는 겸연히 이 공간에서 그와 싸우는 길을 택했다.

"그건 두고 봐야 알겠지."

"이곳에서 내 마력은 무한하다. 과연 그 검이 어디까지 흡수할 수 있을까? 항상 궁금했노라."

마력을 흡수하면 할수록 라이라의 정신도 망가진다.

과연 어디까지 버틸 수 있을까?

카르페디엠은 혀를 찼다.

호기는 좋지만 만용과 용기는 구분해야 하는 법이거늘.

좌라라라라락!

커다란 날개를 펼치자, 수많은 박쥐가 날개 안에서 튀어나오며 라이라를 향해 돌진했다.

박쥐들은 모든 걸 지운다.

하지만 박쥐 역시 '마력'으로 이루어진 존재.

검은 태양과 닿자 흩어지며 흡수되길 반복했다.

이내 과잉으로 흡수되는 마력이 검은 태양을 뜨겁게 달구었다. 라이라에게도 영향을 끼쳤다. 그녀의 뒤로 박쥐 날개의 그림자가 생겨나며 점차 커다래지기 시작한 것이다.

"……!!"

라이라가 이를 악물었다. 정신이 날아가 버릴 것만 같았다.

조금만 방심하면 그대로 마검에게 정신을 빼앗길 것이다.

"왜 그러지? 마력 흡수는 전문 분야 아니었나!"

라이라가 이 '공간' 안에 들어온 건 처음이었다.

피하기도 어렵지 않으니 굳이 당해줄 이유가 없었던 것이다.

그런데 처음으로, 진정한 멸제와 마주하게 되었으니 얼마나 당황스러울까?

"본래라면 너를 살려두고 노리개로 쓰려 했다만, 내게 이빨을 보였으니 가장 처참하게 죽여주마. 네가 죽으면 그다음 차례는 너의 아비인 우리엘 디아블로다."

"너는…… 그분을…… 해할 수 없다."

"작아서 잘 안 들리는군."

"다…… 후욱, 되었다는 말이다."

뭐가 다 됐다는 말이지?

죽을 준비라도 된 건가?

하지만 그런 게 아니라는 걸 머지않아 깨달을 수 있었다.

검은 태양. 그 마검에게 모여든 마력이 검의 끝자락에서 다시금 뭉치고 있었다.

그것은 그야말로 '검은 태양'이라 할 수 있는 검은색의 구체였다.

마치 블랙홀처럼 모든 마력을 잡아당기며 가공할 파괴력을 지니게 되었다.

"설마?"

"진정한 '검은 태양'을 본 건 네가 두 번째다. 영광으로 알거라."

라이라가 힘겨운 상태에서도 미소를 지었다.

마검의 끝에서 분출된 검은 태양은 조금씩 크기를 키워 나갔다.

그래 봐야 주먹 정도의 크기였지만, 카르페디엠은 깨달았다.

'저게 터지면 나라도 무사하지 못한다.'

자신만이 아니다.

"네년, 설마 자폭할 생각으로?"

"그분을 두고 내가 왜 죽지?"

저게 폭발하면 이 공간은 엄청난 후폭풍을 맞이하게 될 것이다.

'절대로 깨지지 않는다'는 명제가 붙은 결계지만, 그 안에서 일어나는 것들까지 깨지지 않는단 뜻은 아니므로.

어떻게 살아남을 거란 소리인지 알 수가 없었다.

'이년, 처음부터 이걸 노리고 있었구나!'

한껏 마력을 머금은 검은 태양이 부르르 떨리기 시작했다.

폭발의 전조다.

급히 카르페디엠이 날개로 자신을 감쌌다.

동시에.

콰아아아아아아아아아앙!!

세상을 부숴 버릴 것만 같은 폭발이 결계 내에서 일어났다.

검은색 구체가 걷혔다.

그 안에 두 인영이 쓰러져 있었다.

라이라 디아블로와 멸제의 카르페디엠.

라이라는 수많은 가시가 만든 장벽 안에서 기절한 상태였다. 하나 신체 곳곳에서 엄청난 양의 피가 흘렀다. 지혈하지 않는다면 몇 분 내로 죽을 정도의 출혈량이었다.

쿨럭! 쿨럭!

반쯤 찢어진 날개로 바닥을 짚으며, 이내 카르페디엠이 자리에서 일어났다.

"이…… 빌어먹을 년……!"

전신이 그을린 자국투성이였다.

몸이 성한 곳이 없었다.

멸제의 모습이 아니었거나, 순간적으로 날개를 방어막 삼지 않았더라면 그 자리에서 즉사했을 것이다.

가공할 파괴력이었다.

결계 안에서조차 그 여파를 모두 막아내지 못했는지 산의 절반이 날아갔다.

설마 저런 마법을 숨기고 있었을 줄이야.

최후의 최후까지 숨겨놓은 카드였음이 분명하다.

카르페디엠이 이를 갈며 라이라에게 다가갔다.

이윽고 그의 손이 검게 물들었다.

"죽여 버릴 것이다. 심장을 꺼내 잘근잘근 씹어 먹어주마.

감히 나를 건드리고도 무사할 줄 알았느냐?"

"멈춰라."

그의 손이 라이라 디아블로의 심장을 도려내기 직전, 바닥에서 튀어나온 수많은 손이 그를 막아섰다.

목소리가 들리는 곳으로 고개를 돌리자 그곳에 그가 있었다.

우리엘 디아블로!

그의 위로 '검은 별'이 떠 있었다.

검은 별. 우리엘 디아블로가 가진 최강의 권능.

그것을 마주한 순간, 수많은 우리엘 디아블로의 환상들이 주변에 늘어섰으며 더욱 많은 박쥐가 그에게 달려들 준비를 하고 있었다.

"이게 대체……."

카르페디엠이 가진 힘들이 어째서 우리엘 디아블로에게서 발현되고 있단 말인가?

그리고…… 멸제의 힘을 잃었다. 박쥐의 날개가 사라지고 그는 본래의 모습으로 돌아갔다.

검은 별. 그것은 세상에서 가장 강력한 저주다.

상대의 모든 힘을 역으로 이용하게 만들며 이로운 효과를 강제로 지워 버리는, 우리엘 디아블로가 가진 '가장 강력한 권능'이었다.

단점이라면 '단 하나'의 개체에만 저주를 거는 게 가능하다는 것.

하지만 지금에선 문제가 되지 않았다.

"검은 태양에 이어서 이제는 검은 별이라고……?"

허!

카르페디엠이 크게 웃고 말았다.

검은 태양에 이어 이번엔 검은 별이라니.

쌍으로 자신을 놀리고 있는 것 같지 않은가!

'혼자선 아무것도 못 하는 저런 녀석에게!'

우리엘 디아블로. 그는 라이라에게 백번, 천 번을 고마워해도 부족함이 없다. 그의 영지가 100년간 무사히 지켜지고 지금의 상황에 이를 수 있었던 건 모두 그녀 덕분이었다.

그것을 녀석은 알까?

멸제의 카르페디엠. 그만이 아니다. 그보다 더 대단한 존재들이 라이라 디아블로를 데려가기 위해 '온갖 수'를 다 사용했었다.

하지만 그녀는 그 모든 제안을 거절했고, 더욱 고립되었으며, 그럼에도 혼자 모든 역경을 뚫고 나갔다.

그 과정은…… 카르페디엠조차도 인정할 수밖에 없었다.

전장의 표범. 고독한 가시의 여왕.

그래서 더욱 가지고 싶었다.

하나 가질 수 없었다.

라이라는 오로지 우리엘만 바라봤다. 그만한 신념을 카르페디엠은 태어나면서 한 번도 본 적이 없었다.

그만한 애정을, 사랑을, 이 심연에선 결코 느껴보지 못했던 감정을.

라이라를 갖고자 했던 모든 이가 그런 '헌신'을 목격하며 더욱 욕망을 불태웠지만 모두 실패했다.

만약 그에게 라이라 디아블로만 한 부하가 있었다면 우리엘은 자신에게 감히 전쟁을 선포하지도 못했을 것이다.

"하지만 멸제의 힘이 이미 그녀를 잠식한 뒤다. 너는 내게서 이길 수 있을지 몰라도 라이라 디아블로를 살릴 순 없으리라!"

멸제의 모습을 봉인당했다.

아마도 라이라는 처음부터 이길 생각 따윈 없었을 것이다.

오로지 '멸제'의 힘을 사용하지 못하게 하기 위한 술책이었다.

하나 그 과정에서 라이라는 '독'을 먹었다.

멸제의 마력은, 모든 것을 지우는 힘이다.

수많은 손이 우리엘의 앞으로 라이라를 데려왔다.

우리엘은 손을 뻗어 라이라의 얼굴을 쓰다듬었다.

"확실히 이번 일은 내 예상을 빗나갔군. 아마도 내가 믿음을 못 줬기 때문이겠지."

우리엘의 목소리는 암울했다.

카르페디엠이 웃었다.

"너는 알아야 한다. 라이라 디아블로가 너에게 한 모든 헌신을. 끝내는 목숨을 바쳐 보잘것없는 너를 구했으니, 이 얼마나 가련한가!"

그러니 절망해라.

절망하고, 또 절망하여 떨어져라!

"잠시 쉬고 있어라. 너를 결코 잃지 않을 테니."

하나 우리엘의 표정엔 절망이 없었다.

다만 안타깝고, 또 안타까워할 뿐이었다.

이윽고 우리엘 주변의 모든 '손'이 라이라를 감쌌다. '손'은 오로지 생자의 죽음을 갈구하지만, 반대로 죽음을 잠시 지연시키는 기능도 있었다.

"피가 멈췄다고 살릴 수 있을 것 같으냐? 멸제가 가진 '저주'는 무엇으로도 풀 수 없다. 그 저주는 그녀이 가진 '가시'의 절대 명제보다 더욱 강력한 것이니라. 오로지 죽이는 것밖에 할 수 없는 네가 과연 그 저주를 해방시킬 수 있을까?"

카르페디엠조차 공간 결계 안에서만 멸제로 변할 수 있는 이유.

그 잔악무도한 마력의 성질 때문이다.

안에서부터 모든 걸 좀먹어버리는 저주의 마력은 라이라의 '가시'보다 한 수 위였다.

우리엘이 고개를 저었다.

"나로선 힘들겠지."

우리엘은 순순하게 인정했다.

뭐지, 미친 건가?

아니면 라이라와 달리 우리엘에겐 그녀에 대한 애정이 없는 것일까.

"하지만…… 지금의 내가 아닌 또 다른 나라면 가능할 수도 있겠지."

"헛소리를 하는 걸 보니 꿈이라도 꾸는 모양이구나."

"……말을 너무 많이 했군."

그러나 확실히 정상은 아니었다.

라이라의 모습을 보고 어느 정도 타격을 받은 게 분명했다.

'내게도 한 수는 남았다. 결코 나 혼자 죽지는 않을 것이다.'

마력이 거의 남지 않았지만, 적어도 우리엘 디아블로를 죽일 수 있는 히든카드 한 장은 남겨둔 상태였다.

절대로 '흉내' 낼 수 없는 마지막 하나.

푸욱!

카르페디엠이 손을 검게 물들이며 자신의 심장을 꿰뚫었다.

이어 펄떡이는 심장을 몸 안에서 꺼냈다.

"이 심장 자체가 나의 진짜 권능이며, 너를 파멸시킬 진정한 도구니라."

그는 태어나서부터 심장에 마력을 담아두는 특이체질이었다.

그리고 데몬로드가 되었을 때 그의 심장에 권능이 새겨졌다.

아주 잠시 마신을 강림시킬 수 있는 권능이.

촤아악!

말을 끝마침과 동시에 카르페디엠이 손에 힘을 주어 자신의 심장을 터뜨렸다.

주변으로 피가 난무하며 거대한 마력이 솟아올라 악마의 형상을 만들었다.

아홉 개의 뿔을 단 악마는 점점 커다래지며, 이내 산 하나를 아득히 뛰어넘는 크기를 갖추게 되었다.

"말살의 포효. 마신의 힘을 직접 느껴보아라, 우리엘 디아블로여."

쿠아아아아아아아아아아아앙!

마신이 울부짖었다.

동시에 마신의 입에서 쏘아진 입자가 주변의 모든 걸 파멸로 이끌었다.

적어도 눈에 들어오는 모든 게 폭발했다. 마치 세상에 종말이 찾아온 것 같았다.

닿는 모든 게 증발하였으며 그것은 우리엘 디아블로라고 하여도 피할 수 없다.

그런데 그 순간이었다.

콰아아아앙!

마신과 비슷한 크기의 살점이 마신을 덮쳤다.

산 위의 모든 적을 제거하고 잠들어 있던 '뒤섞인 공포'였다.

뒤섞인 공포는 모든 것의 파멸을 위해 만들어졌다. 강력한 마력에 반응하여 잠들어 있다가 깨어난 것이다.

방어 종양이 솟아나고, 공격 종양이 마신을 공격한다.

하지만 마신에겐 통하지 않았다. 마신의 입을 타고 멸망이 흘러나오자 두 종양이 순식간에 사라졌다. 하지만 뒤섞인 공포는 마신을 뒤에서부터 집어삼키는 중이었다.

이내 본체가 거대한 분열을 일으키며 새빨갛게 달아올랐다.

그러곤 조금씩 그 크기를 팽창시키더니 이내 하늘까지 닿았다.

치이이이이익.

마신을 소환시킬 수 있는 시간은 무한하지 않다.

심장을 바쳤다고 하더라도 기껏해야 60초 전후.

그 시간이 지나자 팽창하며 새빨갛게 달아오르던 뒤섞인 공포의 움직임이 멎었다.

동시에 겉에서부터 빠르게 굳기 시작했다.

마치 돌덩이처럼 말이다.

"마신의 공격을 흡수했다고……?"

카르페디엠이 믿기지 않는다는 듯이 중얼거렸다.

어떻게 이런 일이 벌어질 수 있단 말인가?

하지만 카르페디엠은 모른다. 뒤섞인 공포가 어째서 공포인지. 그 무한하게 늘어나는 포식자가 어떻게 한국을 멸망시켰는지.

우리엘 디아블로는 수많은 '손'으로 장벽을 쌓고, 뒤섞인 공포의 살점을 방패 삼아 마신의 공격을 막아냈다.

"저 살점은 뒤섞인 공포라고 불리기도 했지만, 우리는 또한 '마왕의 살점'이라고 부르기도 하였다."

우리엘 디아블로가 말했다.

그의 목소리에는 슬픔과 분노, 굉장한 회한이 담겨 있었다.

마왕의 살점. 평범하게 붙을 이름은 결코 아니다.

세상에는 수많은 괴물이 존재했지만 마왕의 이름이 붙은 괴물은 손에 꼽았다.

그중 하나가 바로 이 빌어먹게 커다란 살점이었다.

이윽고 그가 말했다.

"4천만에 달하는 사람을 먹어치웠다. 그제야 비로소 녀석에게 '약점'이 생겼다. 그래, 약점이라고 생각했다. 바로…… 저 모습이 되었기 때문에."

감히 마신의 공격조차 먹어치울 수 있었던 이유.

그만한 숫자의 생명마저 먹어치운 살점이다.

사람만이 아니었다. 땅의 모든 정기와 풀벌레 한 마리까지 싹 다 먹어치웠다.

그런 먹성인데 마신의 공격이라 한들 먹지 못하겠는가?

우리엘이 돌덩이처럼 굳어버린 뒤섞인 공포를 바라봤다.

"한순간이었다. 나는 본능적으로 지금 녀석을 없애야 한다고 생각했다. 내가 가진 모든 힘, 세계 각국의 지원을 받아, 일제히 녀석을 없애기로 했지."

"대체 무슨 말을 하는 거냐……?"

카르페디엠은 죽어가는 와중에도 인상을 찌푸렸다.

알 수 없는 말들.

심장이 없어도 카르페디엠은 바로 죽지 않는다. 하지만 최후의 수가 막혔으니 죽은 것과 다를 바 없었다.

카르페디엠의 안색이 새파랗게 질렸다.

죽어가고 있었다. 한쪽 무릎을 꿇은 채, 인정할 수 없다는 듯 이를 갈며 우리엘 디아블로를 올려다보았다.

우리엘, 그가 계속해서 말했다.

"하지만 굳어버린 살점은 어찌하기도 전에 천천히 땅에 스며들었다. 한국의 땅 전체가 무르게 변하고, 다시금 살점으로 변화하기 시작했다. 진정한 '마왕의 살점'이 드러난 것이다."

그 광경은 그야말로 전율 그 자체였다.

한국의 땅 전체가 괴물로 변하고 있었다.

그만한 크기로 존재한다면 세계 전체를 위협할 수도 있었을 것이다.

지금도 그러했다.

굳어버린 살점의 밑부분이 조금씩 융해되더니 땅과 동화되어 가는 중이었다.

"방법이 없었다. 없는 줄 알았다. 한국의 땅이 괴물 그 자체가 되었다. 나는…… 우리는…… 한국을 지도상에서 지울 수밖에 없었다. 그렇게 뒤섞인 공포를, 마왕의 살점을 죽였다."

우리엘은 강렬한 눈빛으로 카르페디엠을 쳐다봤다.

이 모든 원흉이 바로 카르페디엠이라는 듯.

"나라는 존재 자체가 사라진 것만 같았다. 그곳에 있던 사람 중 단 한 명도 나는 살리지 못했다. 그 뒤로 나는 웃을 수 없었다. 웃을 수 있을 리가."

모든 영웅이 죽었다.

그리고 마침내 최후의 영웅이라 불리던 그는 조국마저 잃었다.

진정한 모습의 그를 기억하는 사람은 한 명도 없었다.

존재 자체가 부정된 느낌. 갈 곳 잃은 영혼은 떠돌이가 되었다.

카르페디엠이 힘겹게 입을 열었다.

"미쳐 버린…… 것이냐?"

"차라리 미치고 싶더군. 잠깐, 미친 척을 해본 적이 있지."

미치고 싶은데 미칠 수가 없었다.

정신이 너무 또렷했다. 눈을 감으면 무한하게 비명이 반복되며 그를 괴롭혔지만, 그럼에도 그는 미칠 수가 없었다.

그래서 미친 척을 했다. 그냥 그러고 싶었다.

그리고 어느 날…… 최후의 영웅은 듣게 되었다.

생존자가 있다고.

뒤섞인 공포의 공격으로부터 살아남은 자가 있었다고.

그자의 이름이…… 김민식이라고.

"그러나 한 명이라도 세상 어딘가에서 나를 알아봐 주는 사람이 있다면, 미쳐선 안 된다고 생각했다. 마지막 한 사람으로서 더한 자부심을 주고 싶었다. 주눅 들지 말라고, 여기 내가 있다고.”

그 말을 듣고 즉시 원래의 모습으로 돌아왔다.

비록 그 생존자가 악의 종교, 일레테이아에 귀의했다 한들.

생존자는 그의 마지막 줄이었다. 그는 그 ‘줄’을 놓고 싶지 않았다.

그래서 가면을 쓴 채 진짜 영웅이 되려고 했다. 적어도, 생존자이자 친구인 그에게 창피를 주고 싶진 않았으니까.

누군가가 자신을 기억한다면…… 끝까지 좋은 모습만을 남겨주고 싶었으니까.

촤악!

검은 별.

그 아래에서 생겨난 우리엘 디아블로의 분신 중 하나가 카르페디엠의 목을 잘랐다.

이윽고 검은 별이 사라지며 분신들도 증발했다.

카르페디엠은 단말마조차 지르지 못하고, 죽었다.

눈앞으로 긴 문장들이 떠올랐지만, 우리엘은 무시했다.

대신 그는 손 위에 조심스럽게 눕혀져 있는 라이라를 양손으로 들었다.

소중한 보석을 다루듯 섬세하게.

'나를 알아봐 주는 사람이 세상에 한 명이라도 있다면.'

그 힘은 상상을 초월한다.

모든 역경과 고난조차 이겨낼 수 있는 힘을 주는 것이 바로 그 한 명의 존재였다.

가는 길이 달라도, 의견이 부딪혀 대립하더라도, 그들은 분명하게 서로를 인식하고 기억했다. 그리고 기적같이 둘 모두가 돌아와 서로를 기억하고 있다.

하지만, 지금은 또다시 서로가 가면을 쓴 채 다른 기억으로 살아가고 있었다. 이제는 서로가 서로의 진정한 모습을 인식하기가 어려워졌다.

그래서일까.

"네가…… 나를 알아봐 주었으면, 그랬으면 좋겠다."

세상 유일한 존재가 지금은 너이길 바란다고.

그는 작게 소망했다.

35장
너와 나의 연결 고리

우리의 계획은 간단했다.

뒤섞인 공포가 산 위를 정리하거든, 라이라가 빠르게 내부를 소탕하고 멸제의 카르페디엠을 뒤섞인 공포에게 유인하는 것이었다.

뒤섞인 공포는 멸제의 마력마저 흡수할 수 있으리라고 확신했기 때문이다.

또한 그녀는 나보다 더욱 오랜 시간 카르페디엠과 전쟁을 해왔다. 그래서 단순한 기동성이나 상황의 유연한 대처는 나보다 나을 거라고 계산했다.

내가 직접 모습을 보인다면 놈은 도망을 치거나, 혹은 극도의 경계를 할 수 있었다.

그런데…… 내가 도착했을 땐 이미 공간 결계가 생성된 후였다.

'일이 틀어졌다.'

본능적으로 깨달았다. 그리고 라이라가 직접 이러한 선택을 내렸다는 것 역시 알게 되었다.

'제기랄!'

마음이 다급해졌다.

결계를 깨보고자 몇 번이나 내려쳤지만 꿈쩍도 하지 않았다.

권능이란 적어도 동급의 존재에겐 강력한 힘을 발휘하는 법이었다. 멸제의 카르페디엠. 놈과 나의 '격'의 차이는 그다지 크지 않았다.

물론 라이라 디아블로의 행동이 이해가 되지 않는 것은 아니었다.

멸제의 카르페디엠. 놈과 나의 상성은 그다지 좋은 편이라고 할 수는 없었다. 놈은 '공간 결계' 안에서 멸제가 되고 어느 정도의 불멸성을 얻는다. 무한한 마력과 절대적인 힘 앞에 '검은 별'이 통할지 통하지 않을지는 미지수였다.

'설령 그렇다고 할지라도!'

결계 안에서 검은 별의 효력이 반감된다 할지라도, 라이라의 선택을 칭찬할 순 없었다.

라이라는 그 결계를 봉인하고, 스스로 결계 안으로 들어감으로써 나의 확고한 승리를 다지고자 한 것이겠지만…….

아마도 놈의 무한한 마력을 탐해, 처음부터 검은 태양을 발동시키려고 했겠지.

검은 태양은 적군과 아군을 가리지 않고 혹여나 내게 피해를 끼칠 수도 있다는 복잡한 생각 역시 가지고 있었을 것이었다.

'네가 죽으면 무슨 소용이란 말이냐.'

안에서 일어나는 과정과 결과에 나는 개입할 수 없다.

이런 게 싫었다. 회귀한 직후 나는 내가 할 수 있는 범위 내에서 모든 영향력을 끼치겠다고 다짐했다. 그런데 나의 바로 앞에서 영향력을 미치지 못하는 상황이 벌어졌다.

스아아아아아악!

카르페디엠의 육체가 소멸한다.

검은 먼지가 되어간다.

이것이 데몬로드의 죽음이다. 무엇 하나 남기지 못하는 철저한 파멸.

하지만 본래는 바람에 흩날려 사라져야 할 검은 먼지가, 나를 향해 흘러오며 흡수되고 있었다.

[멸제의 카르페디엠을 소멸시켰습니다!]

[동화율이 83%까지 상승합니다.]

[최초로 데몬로드를 소멸시키는 업적을 달성했습니다.]

[72개의 별 중 하나가 떨어지며, 심연의 모든 존재가 그 죽음을 알아차릴 것입니다.]

['우리엘 디아블로' 의 위명이 심연 전역에 퍼져 나가며 수많은 주인 없는 자가 우리엘 디아블로에게 귀속되길 바랄 것입니다.]

['멸제의 카르페디엠' 의 힘이 흡수되기 시작합니다.]

[한계 돌파! 모든 순수 능력치가 5씩 증가하고 잠재력이 그에 맞춰 집니다(500→525).]

[최초로 데몬로드를 살해한 존재에게 암흑 상회가 선물을 건넵니다. 1,000,000pt가 추가되었습니다.]

['지배자' 의 권능이 크게 발현됩니다. '멸제의 카르페디엠' 이 소유하던 모든 것을 지배하기 시작합니다. 그가 보유한 포인트(167,778) 역시 귀속됩니다.]

['위대한 별로 가는 길' 칭호가 추가되었습니다.]

장문의 글자들.

멸제의 카르페디엠을 죽임으로써 나는 더욱 강해졌다. 하물며 녀석이 가지고 있던 모든 것을 약탈했다.

지금 이 시간부로 '우리엘 디아블로'의 이름이 온 땅에 퍼져 나가기 시작할 것이다. 심연에 떠오른 72개의 별 중 하나가 지고, '위대한 별'로 한 발자국 더 가까이 가는 계기가 되겠지.

하지만 그런 것들도 지금은 눈에 들어오지 않았다.

나는 천천히 라이라의 신체를 양손으로 들어 올렸다.

'무모했다.'

무모했다.

만약 결계 안에서 라이라를 잃었다면 나는 크게 후회했을 것이다.

그리고 라이라의 그러한 선택은 나에 대한 확고한 믿음이 없기 때문이었다. 카르페디엠과의 결전에서 100% 승리할 거라는 확신이.

애당초 내 권능들은 '보는 것'에 특화되어 있었다. 직접적인 전투와는 크게 연관이 없었다. 그녀는 100년간 홀로 전투를 치러왔으니 이해가 되지 않는 건 아니었다.

하지만 그럼에도 아쉽고 화가 난다.

결과적으로 승리를 일궈냈다고는 하나 결국 라이라는 중태에 빠졌다.

이 상황에 놓인 나와 라이라 모두에게 화가 났다고 하는 게 정확할 것이다.

'일어나거든…… 크게 혼쭐을 내주마.'

즉시 발걸음을 옮겼다.

라이라의 치료를 위해.

구화랑과 야차들에게 카르페디엠의 모든 것을 영지로 가져오라 지시한 후 나는 부단히 발을 움직였다.

'모든 물약이 듣지 않는다.'

인상을 굳힐 수밖에 없었다.

멸제의 마력을 너무 많이 받아들인 탓일까?

라이라의 상태는 점점 나빠졌다.

세계수의 잎, 유니콘의 뿔을 갈아 넣은 물약, 심지어 신들의 음료라는 엘릭서마저 동원해 봤지만 상황이 호전될 기미는 보이지 않았다.

"엄마아!"

이그닐이 고사리 같은 손으로 라이라의 손을 맞잡았다.

이미 이그닐은 나에게 '유일 축복'을 내렸다. 오로지 한 사람에게만 가능한 현안의 축복을, 다시 라이라에게 내리는 건 불가능하다.

하지만 이그닐의 입맞춤이 라이라의 죽음을 조금 더 지연시키는 효과 정도는 가져왔다.

"이그닐이. 잘못, 했어요."

이그닐은 그간 라이라를 멀리했던 걸 후회하고 있었다. 여기서 라이라가 죽어버리면 다시 화해할 기회도 사라진다. 그러길 나도, 이그닐도, 심지어 라이라도 바라지 않을 것이다.

"히끅! 죽으면, 시러요."

누가 그랬던가?

용은 결코 눈물을 보이지 않는다고.

하지만 지금 내 눈앞에 있는 이 작은 용은 울고 있었다.

비록 인간의 모습을 하고 있기는 했지만, 라이라의 죽음을 앞에 두고 초연해지지 못한 채 흔들리고 있었다.

이그닐의 감정을 나 역시 느끼는 중이었다.

처음 느껴보는 강렬한 슬픔과 혼란.

내가 '가시'에 찔렸을 때와 비교해도 부족함이 없을 수준이었다.

'지금으로선 라이라를 치료시킬 수 없다.'

나는 인정했다.

지금 이 몸으로는 어찌할 수가 없다는 결론을 내렸다.

데몬로드. 악의 종주가 누군가를 살린다는 건 상상조차 어렵다.

그래서…… 나는 특단의 결정을 내렸다.

나는 한 번 라이라의 '가시'를 씻어낸 적이 있었다. 죽음이라는 절대 명제에서 벗어나 도리어 좋은 효과가 생기게끔 만들어냈다.

태을무극심법. 그중 '물'의 속성으로 이뤄낸 결과다.

그렇다면 멸제의 마력 역시 씻어내는 게 가능하지 않을까?

고개를 끄덕이며 결심했다.

'심연으로 들어와야겠군.'

우리엘 디아블로가 아닌 오한성으로서 심연에 발을 내디뎌야겠다고!

던전을 오른다.

4층을 넘어 5층으로, 5층을 넘어 6층으로…… 그렇게 10층까지.

나는 모든 길을 알고 있었다.

그러나 여태껏 단 한 번도 10층까지 발길을 들인 적은 없었다.

그날. 라이라의 가시에 찔린 이후, 감히 엄두도 내지 못했다.

하지만 그런 걸 따질 여유가 지금은 없었다.

그저 달렸다.

달리고 또 달려서, 마침내 10층의 '문' 앞까지 도달했다.

'진정한 심연으로 가는 길.'

이 '문'을 넘어가면 그곳엔 진짜 심연이 있다.

우리엘이, 라이라가, 구화랑이, 이그닐이…… 모두 저곳에 있다.

적어도 5년에서 10년은 있어야 도달할 수 있으리라고 생각했던 장소.

나는 심호흡과 함께 발을 디뎠다.

['심연(10Lv~???)' 에 입장했습니다.]

[주의! 이곳은 발을 들이면 빠져나갈 수 없는 무저갱입니다.]

[빠져나가길 권합니다.]

['심연' 의 여파로 모든 능력치가 30% 하락합니다.]

심연 역시 마찬가지다. 심연의 괴물들이 지구에 직접 도달하면 일정량의 능력치가 줄어들었다가 시간이 지남에 따라 회복되는 경우도 있었다.

아마도 서로가 서로 '다른 세계'에 존재하기 때문에 적응할 시간이 필요한 것이리라.

어깨가 무거워지고, 숨 쉬는 것조차 버겁다.

눈앞에 떠오른 글자는 계속해서 내게 경고를 보내고 있었다.

'도망가라'고.

절대로 이곳에 있어선 안 된다고.

하지만…….

'이곳은 나의 땅이다.'

애당초 이곳은 나의 영지.

그러니 가는 길도 어렵진 않았다.

이미 내가 가야 할 모든 길을 비워놓은 덕이다.

'성.'

던전에서 30분가량을 걷자 거대하기 짝이 없는 성이 보였다.

아수라 백작이 머물 것만 같은 을씨년스러운 분위기.

문은 열려 있었고, 지키는 자도 없었다.

안으로 들어서자 거대한 석상이 보였다.

우리엘 디아블로.

이제 곧, 그를 직접 내 눈에 담게 된다.

또한 라이라를 가까이서 마주할 수 있을 터였다.

"아빠!!"

터억!

이그닐이 날갯짓하며 하늘에서 내려와 나를 덮쳤다.

가슴에 얼굴을 비비곤.

"훌쩍! 보고, 시퍼써요."

반가움과 슬픔의 표현을 내비쳤다.

나는 이그닐의 등을 토닥이며 걸어 나갔다.

성으로 들어가자, 심장이 미친 듯이 뛰기 시작했다.

그리고…… 마침내 도착했을 때.

"우리엘 디아블로."

그가 앉아 있었다.

거대한 동체. 왕의 좌에 앉아 그저 눈을 감고 있었다.

과거 모든 영웅을 학살한 존재가 그곳에 있었다.

지금의 또 다른 '나'이기도 한 그가.

하지만 동시에 엄청난 압박감이 느껴졌다. 멸제의 카르페디엠을 잡고 더욱 강해져서일까? 전신에서 소름이 돋으며 몸이 덜덜 떨려왔다.

아직은 직접 만나는 때가 아니었다는 건지.

나는 고개를 저었다.

지금은 그보다 중요한 문제가 있었다.

"……라이라 디아블로."

그의 앞. 세계수의 잎으로 감싼 침대 위에 그녀가 누워 있었다.

라이라. 그 아름다움은 여전했지만 창백해진 얼굴은 이미 시체라 해도 믿을 수 있을 듯싶었다.

나는 가만히 그녀에게 다가가, 손을 마주 잡았다.

두근!

손에 번개가 친 것 같았다. 강렬한 통증과 함께 세상이 확대되는 느낌.

하지만 이는 '연결'을 뜻했다. 내 안에 박힌 '가시'가 반응하고 있는 것이다.

'태을무극심법.'

바람이 불었다.

나는 라이라의 심장 위에 손을 얹었다.

그러자 마력의 공유가 시작됐다.

쿵! 쿵! 쿠아앙!

이윽고 이질적인 마력이 내 전신으로 흘러들어 오기 시작했다.

천둥이 치듯 뼈가, 근육이 뒤틀렸다. 식은땀이 줄줄 흐르고 자연스럽게 이를 악물게 되었다.

라이라의 안에 박힌 멸제의 마력은 너무나도 강력했다. 인간인 내가 그것을 받아냈다간 3초도 버티지 못하고 전신이 터져 버릴 것이다.

'나 혼자만의 힘으로는 역부족이다.'

고개를 내저으며 손을 뗐다.

라이라의 가슴 쪽에 대었던 손이 어깨까지 이미 까맣게 물들어 있었다.

순식간에 팔 위로 커다란 점이 생기며 썩어간다.

이게 바로 멸제의 마력이다. 밤의 저주로부터 면역을 시켜

주는 요르문간드의 힘도 통하지 않는 듯싶었다.

그렇다면…….

'탐식의 힘.'

라이라 디아블로의 손가락에서 피 한 방울을 내었다.

그것을 입에 삼키자 또 다른 글자들이 떠올랐다.

[새로운 인자를 획득했습니다.]

[용마족의 피와 발현되지 않은 강력한 천족의 피가 섞여 있습니다. 변형할 경우 '악 성향'이 가파르게 증가하고 마력의 성질이 변질됩니다. 심연에서의 '능력치 하락'이 사라지며 강인한 육체를 손에 넣게 됩니다.]

[하지만 주의하십시오. 너무 강력하기 짝이 없는 인자로 변형할 경우, 신체가 버티지 못해 무너질 가능성도 존재합니다.]

끝이 아니다.

멸제의 마력을 다루려면 이 정도 성질로는 부족했다.

멸제의 카르페디엠이 소멸한 건 아쉽지만 아직 카드가 하나 더 남아 있었다.

나는 뒤에 자리 잡은 우리엘 디아블로를 바라봤다.

데몬로드. 악의 중추, 마족의 왕이라 할 수 있는 위대한 존재!

또 다른 나이지만 그의 피를 탐식할 경우 나 역시 엄청난 영향을 받을 건 자명했다.

'끝까지 간다.'

침을 꿀꺽 삼켰다.

여기서 물러날 수는 없었다.

나는 우리엘 디아블로에게 다가갔다.

그 강렬한 존재 앞에서 나는 한없이 작아졌다.

제3자의 눈으로 바라본 우리엘은 그야말로 악의 화신다웠다.

검은색 피부와 우람한 몸, 뿔과 날개를 지닌 마족 그 자체였다.

나는 천천히 손을 뻗어 우리엘과의 접촉을 시도했다.

[동화율이 크게 올랐습니다. 83% → 88%]

[잠재력 한계치가 증가합니다.]

그저 피부와 피부를 접한 것뿐임에도 동화율이 올라갔다.

또 다른 나와의 경계가 허물어지기 시작했다는 방증이었다.

나는 심호흡과 함께 천천히 흑풍검을 꺼내 들었다.

쩌엉-!

우리엘 디아블로의 피부는 단단했다. 어지간한 검으로는 흠집도 안 난다. 심지어 흑풍검조차도 튕겨질 수준이었다.

외부의 공격으로부터 자연스럽게 피부가 강화된 것일 터였다. 평소에도 저처럼 단단하지는 않았으므로.

쩌적!

암령의 힘까지 동원하여 우리엘의 종아리 쪽을 베었다.

그러자 소량의 피가 떨어졌고 그것을 바라보는 나는 묘한 갈증을 느꼈다.

손가락으로 훑어 혓바닥에 대자 순간 현기증이 일었다.

'으음……!'

강렬하다. 맛에 대한 품평이 아니다.

라이라의 피를 머금었을 때보다 10배는 더 받아들이기 힘들었다. 몸이, 본능이 반발하며 거부반응을 일으키고 있는 것이다.

[초월적인 인자를 획득했습니다.]

[왕의 인자입니다. 기존 용마족의 인자와 일부분 중첩됩니다. 인자의 정보가 크게 확대되며 부가적인 효과를 추가로 획득합니다.]

[만약 용마족으로 '변형' 할 경우, 변형할 때마다 악 성향이 5씩 증가합니다. 이는 변형이 풀려도 적용되는 사항입니다. 또한 모든 '빛' 과 관련된 스킬이 사용 불가능하게 됩니다. 반대로 '어둠' 성향의 스킬의

경우 효과가 크게 증가합니다.]

[신체가 격변적으로 변형됩니다. 주의하십시오. 잘못된 변형은 인간으로서의 자아와 모습을 잃게 만들 수도 있습니다.]

[동화율이 크게 올랐습니다. 88% → 93%]

[잠재력 한계치가 크게 상승했습니다.]

[특수한 피의 섭취로 마력이 증가합니다.]

어지러울 정도의 문장들이었다.

하지만 내가 유심히 바라보는 건 재차 거듭된 주의하라는 문장이었다.

자아와 모습을 잃는다. 말하자면 괴물 그 자체가 될 수도 있다는 것.

라이라를 구하려거든, 인간의 모습을 버릴 각오를 하라고 말해주는 것이었다.

하지만 분명한 건 변형했을 때 멸제의 마력을 더욱 확실하게 흡수할 수 있을 거라는 점이었다. 라이라와 우리엘의 인자라면 충분히 견뎌내리라.

이윽고 나는 결단을 내렸다.

'변형.'

감수한다.

그 정도의 가치가 있는 일이니까.

그리고 나 자신을 믿었다.

고작 그 정도에 지지 않을 것이라고. 질 생각이 없다고 재차 다짐을 했다.

그러자.

쩌어어어억!

뼈가, 근육이 비명을 지르며 움직이기 시작했다.

힘들었다.

지난 100년.

숱하게 전쟁을 치르고 괴롭혔던 멸제의 카르페디엠에게 큰 타격을 주는 데에는 성공했지만, 멸제의 마력을 주입받고 전신이 차게 식어가는 걸 느꼈다.

'지치면 쉬어도 돼. 너는 할 만큼 했잖아?'

누군가가 말을 거는 것 같았다.

이제 그만해도 좋다고. 강렬한 유혹에 라이라는 점점 마음을 빼앗겼다.

홀로 싸운 100년은 참으로 길었다. 정신을 몇 겹으로 무장

해도 버티기 힘든 시간이었다. 몇 번이나 무너질 뻔했으며 그럴 때마다 애써 자신을 다독여 보았지만 그뿐이었다.

우리엘 디아블로는 깨어날 기미가 보이지 않았다.

누군가는 말했다.

"디아블로의 권능을 받아들이지 못하고 영원한 잠에 빠진 게 아닌가?"

애써 부정했다.

1년, 2년, 마침내 10년.

모든 데몬로드가 깨어났으나 정작 우리엘 디아블로는 여전히 잠들어 있었다. 그를 지키기 위해 라이라는 자신의 모든 것을 버렸다.

다시 20년. 큰 전쟁을 몇 번이나 치르며 모아두었던 모든 재산이 탕진되었다. 우리엘과 라이라를 따르던, 그 철혈의 기사들도 영지를 떠났다.

"우리는 깨어나지 않는 자를 위해 싸우기 싫소."

영원한 맹세를 약속했던 그들조차 결국 떠나갔다.

깨어나지 않는 주군, 그리고 멸제의 카르페디엠으로부터

의 위협.

하루하루 줄어가는 전사들. 모든 걸 고려해 '승산이 없다'고 판단하여 발길을 돌린 것이다.

개죽음당하긴 싫다는 거겠지.

이해한다. 이해하려 했다.

그리하여 30년째.

모두가 떠났다. 오로지 라이라와 500기의 창기병만을 남기고서.

하지만 라이라는 모든 전장에서 승리를 거듭했다. 그녀의 이름이 심연에 떨쳐지기 시작했고, 그러자 접근하는 자가 많아졌다.

"내 첩이 되어라. 영지를 포기한다면 카르페디엠으로부터 보호해 주지."

"영지를 포기하고 내 밑으로 들어오지 않겠나?"

거대 도시의 지배자, 군단을 이끄는 군단장들.

그들은 라이라 디아블로를 원했다.

다만, 한 가지 조건이 붙어 있었다.

반드시 영지를 포기할 것.

라이라는 거절했다. 눈이 휘둥그레지는 조건과 유혹이 있었지만 그 모든 걸 이겨냈다. 영주 대리인인 자신이 영지를 포기하면, 누가 우리엘 디아블로를 지킨단 말인가.

모든 제안을 단칼에 거절하자 다시금 거센 공격이 시작됐다.

그들은 라이라를 지켜주지 않았고, 카르페디엠과 맞서 싸울 용기도 없었다.

만약. 만에 하나.

그들이 우리엘을 지켜준다고 확언했다면 라이라는 넘어갔을지도 모른다.

'하지만 한 명도 없었지.'

모두가 겁쟁이였다.

약자에게 강하고, 강자에게 약한 전형적인 기회주의자들.

그런 자들에게 자신을 팔 수는 없었다.

그렇게 50년.

온갖 더러운 술수와 계략에 라이라는 면역이 됐다. 자신의 감정을 완전하게 감추는 법을 알았고, 기대하지 않으면 후회도 없다는 그 진리를 깨닫게 되었다.

'어쩌면 그분은 깨어나시지 않을지도 모른다.'

라이라의 가시는 오로지 독만을 품게 되었다.

아름다운 장미는 시들었으며 가시만 남은 그것은 오로지 죽음만을 갈구했다.

가시의 여왕. 전장의 표범.

몇 번이나 배신당했고 믿을 건 오로지 그녀 자신밖에 없었다.

'아무도 믿지 말자.'

마음의 문을 닫았다.

그러는 와중에도 라이라의 마음은 점차 고립된 채 죽어가고 있었다.

손에 묻은 피의 냄새가 지워지지 않았다.

언제 무너져도 이상할 게 없는 상황.

그리고 100년.

'아…….'

그분이 깨어나셨다.

결코 깨어나지 않을 것 같았던 그분이.

하지만, 라이라는 당황했다.

기쁘다. 분명히 기쁘지만 어떻게 해야 할지 모르겠다.

그가 마주한 세상은 100년 만일 텐데. 100년 전의 자신의 모습이 그녀는 떠오르지 않았다. 어떻게 해야 그대로인 것처럼 보일까. 어색하진 않을까.

그래서 가면을 써보았다.

지쳐 가는 마음은 그대로인 상태로.

조금씩 시간이 지나자 과거의 마음이 되살아나고는 있었

지만, 역시나 아직도 100년 전의 자신이 떠오르지 않는다.

어쩌면 그때의 마음조차 변질되었을지도.

'두려워.'

있는 그대로의 모습으로 서로를 대하자고 했다.

하지만 있는 그대로의 모습이 어떤 모습이지?

라이라는 가면을 벗기가 두려웠다. 이미 그녀는 100년 전의 그 철없던 마족이 아니었다. 다 성장했으며 너무 많은 '악'을 접해 그녀 역시도 그와 비슷하게 변해버린 것이다.

무섭다. 혹여나 그가 다시 멀어질까 봐.

자신의 본래 모습을 보고 필요 없다고 말할까 봐.

그래서 욕심을 부렸다.

'내가 필요하게끔 느끼도록. 그러려면 멸제의 카르페디엠을…….'

죽여야 한다.

죽이지 못하더라도 싸움 자체가 쉬워지게끔 만들어야 한다.

그것만으로도 자신의 존재 가치를 입증할 수 있으리라고 믿었다.

진짜 자신을 내보이지 않더라도.

애써 강한 척하고 있지만…… 결국 그녀는 너무나도 두려웠던 것이다.

분명히 기뻤지만, 기뻐서 눈물이 날 것 같았지만, 반대로 있는 그대로를 보이자는 그 말이 결정적인 족쇄가 되었던 것이었다.

—멍청한 녀석!

누군가 호통을 쳤다.

감히 가시의 여왕에게 호통을 치다니. 죽고 싶은 걸까?

예전이었다면 단칼에 목을 베어버렸을 것이다. 가시의 고통에 허우적거리도록 만들었을 터였다.

그런데…… 화가 나지 않는다.

오히려 따듯하다. 이러한 따스함은 오랜만이었다.

차가워지던 몸의 내부에서부터 조금씩 열기가 차올랐다.

라이라 디아블로.

누군가가 그녀에게 말을 걸고 있었다.

—아둔함에도 정도가 있지. 나는 그런 것을 바라지 않았다. 너의 존재 자체가 내겐 기쁨이었음에!

누굴까?

익숙하지 않은 목소리였다.

하지만 매우 익숙한 기분이 들었다.

'그'는 라이라의 '문' 앞에 서 있었다.

쾅! 쾅!

문이 떨어져 나갈 기세로 그가 주먹을 쥔 채 문을 두드렸다.

-언제까지 그 좁은 곳에 갇혀 있을 셈이냐? 나오지 않는다면 나는 실망할 것이다. 결국 라이라 디아블로, 너는 내가 생각한 것보다 더욱 겁쟁이였노라고.

가시의 여왕을 겁쟁이라고 욕한다.

심연의 누가 들어도 크게 웃을 일이었다.

눈 하나 깜짝하지 않고 헤아릴 수 없는 괴물들을 도륙한 그녀를 겁쟁이라니.

-바래도 빛을 잃지 않았지. 결코 가면을 써도 가려지지 않는 고귀함이었다. 그런 자신을 부정하지 마라. 정 너 자신을 못 믿겠다면…… 너를 믿는 나를 믿어라.

빛?

그런 게 있을 리 없다.

이곳 심연은 오로지 어둠뿐이다.

그녀는 심연 외의 세상에 대해서 알지 못한다.

약하면 죽고, 느슨해도 죽고, 착해도 죽는 것이 심연이었다.

약육강식. 오로지 강자만이 정의인 이 심연에서 빛이란 게 존재할 수 있단 말인가?

그녀는 믿지 못했다. 그런데…… 그녀를 믿는 그를 믿으라 한다. 정말 말도 안 되는 말이지만 묘하게 설득력이 느껴지는 건 또 왜인지.

끼이이익!

문이 열렸다.

그녀가 고개를 들었다.

강제로 문을 열고 온 그가 손을 내밀었다.

누구인지 모르겠지만 굉장히 믿음직한 손이었다.

따듯하고, 그의 뒤로 후광이 비치는 것만 같았다.

혹시 저게 그가 말하는 '빛'이라는 걸까.

―가자. 네가 있을 곳은 이런 비좁은 장소가 아니니.

억지로 그가 자신을 이끌었다.

멈춰 있는 자신을 채찍질하며 끌고 나갔다.

강제적이고 배려 따위는 눈곱만큼도 찾아볼 수가 없었다.

하지만 그녀는 고개를 끄덕였다.

어쩌면…… 이번에야말로 진정한 자신을 찾을 수 있지 않을까.

이 사람이라면 그녀가 어디에 있든 찾아주지 않을까 싶은 기대감이 생겼다.

그런 일말의 기대감을 품은 채, 그녀가 문 바깥으로 발길을 옮겼다.

몸이 가벼웠다. 마치 다시 태어난 그런 기분이었다.

라이라 디아블로가 눈을 떴다.

세계수의 잎 위에 눕혀져 활력이 돌아났다.

'전쟁에서 이긴 건가?'

하기야 패배했다면 눈을 뜨지도 못했을 것이다.

멸제의 카르페디엠은 무척 다혈질적이고 성격이 고약하다. 자신을 살려둘 리 만무했다.

그렇다면 이겼다는 뜻이겠지.

다행이다.

입가에 미소를 머금으려는 찰나, 그녀는 다시금 표정을 찌푸릴 수밖에 없었다.

누군가가 옆에 있다.

이질적인 기운. 하물며…….

급히 고개를 돌렸다.

그리고 '그'와 눈이 마주쳤다.

"너는……?"

천하의 라이라도 당황할 수밖에 없었다.

처음 보는 종류의 괴물이 있었다.

몇 개의 크기가 다른, 날개인지 손인지 모를 것이 몇 군데

나 나 있었고 얼굴의 절반은 화상에 입은 것처럼 울긋불긋 했다.

하지만 남은 얼굴의 반은 하얀 새의 깃털이 마구 솟아 있었다.

그야말로 기괴하기 짝이 없는 괴물이다.

괴물은 무척이나 피곤해 보였다.

하지만 어째서인지 그녀를 바라보는 눈빛만은 따듯했다.

라이라가 급히 가시를 꺼내려는 찰나.

"드디어 일어났구나."

괴물이 미소를 지었다.

자신을 알고 있는 것만 같은 눈초리.

바로 뒤에 우리엘 디아블로가 잠들어 있었다.

누구지?

누구인데 이 성역까지 발을 들였단 말인가.

분명히 본 적이 없다.

'평범한 괴수는 아닐진대.'

마치 데몬로드를 앞에 둔 기분이다. 눈앞의 괴물에게선 그만한 격이, 마력의 향기가 풍기고 있었다. 섞이고 또 섞여서 불순하지만 그럼에도 평범하진 않았다.

하지만 이런 모습을 한 괴물이 심연에 있다는 소린 들어본 적도 없다.

분명히 그 틀은 마족인데, 마족이 아니다.

'용마족? 아니다. 저 정도로 이질적인 용마족은 존재하지 않아.'

진짜 용마족이었다면 단번에 알아봤을 것이다.

같은 용마족이라 할지라도 그 형태는 각자 조금씩 달랐으니까.

하나 저건 그 수준을 넘어섰다.

새하얗게 머리가 새어버린 용마족이 존재한다는 말도 금시초문이다.

게다가 저 눈.

저 눈만은 묘하게 익다.

분명히 어디선가…….

"경계하지 마라. 이 모습 역시 우리엘 디아블로의 한 부분이니."

"무슨 소리지?"

"그건…… 쿨럭!"

피가 역류했다. 괴물이 애써 손등으로 입을 막았다.

이윽고.

투둑!

뚝!

뚜두두둑!

괴물의 모습이 위태로이 변형되기 시작했다.

전신에 붙은 날개인지 손인지 모를 것들이 말라비틀어지며 바닥에 떨어지고, 얼굴 반쪽을 차지하던 깃털들이 허공에 흩날렸다.

전신의 피부가 팽창했다. 뼈가 부서지고 다시 맞춰지는 소리가 방 안을 울렸다.

"끄어억……!"

바닥에 양손을 짚은 괴물이 비명을 내질렀다.

그 광경은 토악질이 나올 정도로 괴로웠다.

괴로움에 사무치는 모습에 동정심이 일 정도로.

까득.

까드득.

얼마나 세게 이를 악물었는지 철을 긁는 소리 같았다.

그는 이마를 바닥에 댄 채로 미친 듯이 몸을 떨어대고 있었다.

고통에 몸부림을 치는 거다.

바닥을 적실 정도로 많은 땀이 흘러나오고, 몸을 웅크린 채 그저 인내하는 것이 그가 할 수 있는 전부였다.

'무슨 일이 일어나고 있는 거지?'

라이라도 그의 처리를 두고 고민하고 있었다. 우리엘 디아블로의 한 부분이라니. 대체 그가 말하고자 했던 말이 무엇일까?

하지만 차마 묻지 못했다.

그러기엔 그의 모습이 너무나도 처절했던 탓이다.

"아빠야!"

문 뒤에서 그 장면들을 바라보던 이그닐이 동동 발을 굴리며 다가와 안절부절못했다.

얼마 전에도 인간을 보며 아빠라고 부르더니, 또 다른 이유가 있는 것일지.

"이그……."

라이라가 이그닐에게 그 연유를 물으려고 입을 연 순간이었다.

괴물의 외형에 커다란 변화가 일어났다.

조금씩 하얗던 머리카락이 검게 물들었다.

피부가 원래의 것으로 돌아오고, 근육이 줄며 전신이 본래의 형태로 돌아갔다.

그것은 라이라의 기억 속에도 남아 있는 모습이었다.

"너…… 는?"

인간이었다. 그것도 자신이 '가시'로 찔렀던 인간!

있을 수 없는 일이었다.

죽음이라는 절대 명제를 고작 인간 따위가 이겨냈단 말인가?

설령 이겨냈다고 하더라도 왜 자신의 앞에 있는지 알 수가 없었다.

그것도 처음 보는 괴물의 모습을 한 채.

"허억! 허억!"

남자가 거친 숨을 몰아쉬었다.

그러곤 자신의 양손을 확인하고, 배를 내려다보며 변형된 모습을 확인했다.

촤륵!

그리고 라이라의 손에서 가시가 뻗어 나갔다.

뻗어 나간 가시는 남자의 목에 겨눠졌다.

라이라의 표정이 한없이 굳었다.

"말해라. 너는 누구냐?"

"우리엘 디아블로."

"뭐?"

"또 다른 이름은 오한성이다."

"……장난하는 거냐?"

아그작!

이그닐이 라이라의 옆구리를 깨물었다.

있는 힘껏.

"읍! 읍읍! 으으읍!"

뭐라고 말하는 건지는 모르겠지만 이그닐이 라이라의 행

동을 저지하려는 의도라는 건 알 수 있었다.

이윽고 남자가 땀을 훔치며 말했다.

"지금 이 모습으로는 무슨 말을 해도 듣지 않겠지."

고개를 절레절레 젓고는 숨을 크게 들이마셨다.

그 찰나.

툭!

마치 실 끊긴 인형처럼 남자가 쓰러졌다.

창백한 안색. 갑자기 기절이라도 한 걸까?

알 수 없는 말만 늘어놓곤 눈을 감았다. 너무 난데없어서 도리어 라이라가 당황스러울 지경이었다.

하지만 그게 끝이 아니었다.

"라이라."

그녀의 이름을 부르는 목소리가 있었다.

묵직한 중저음. 기다리고 기다리던 그의 출현이었다.

하지만 상황이 달갑지는 않았다.

"……로드시여, 깨어나셨군요. 잠시만 기다리십시오. 지금 이걸 치우겠습니다."

"치우지 않아도 된다."

"하지만."

"그 인간은 나의 아바타다."

"아바…… 타요?"

라이라가 눈을 깜빡였다.

아바타. 말하자면 분신이다. 자신을 대신해서 움직여 줄 존재. 하지만 정신과 정신을 연결해야 하는 굉장히 고난이도의 기술이라 좀처럼 아바타를 사용하는 자는 없었다.

게다가 아바타가 있다는 말을, 그녀는 지금 이곳에서 처음 들었다.

"나는 잠이 들면 그 인간이 된다. 반대로 깨어나면 그 인간이 잠들지."

"잠깐. 하지만, 인간이지 않습니까?"

그들은 명예 높은 용마족의 일족이다. 마족은 모든 생명체를 오시하는 경향이 있었다. 하물며 인간은 벌레보다 아래로 취급한다.

너무 약해 쉽게 부서지고, 저열하며, 그런 주제에 숫자만 많은.

하여 라이라는 쉽게 이해할 수가 없었다.

"그러나 그 인간은 나와 깊게 연결되어 있다. 인간이 다치면 나 역시 다치고, 아마도 그 인간이 죽으면 나 역시 죽을 테지."

"주, 죽는다고요?"

실제로 우리엘 디아블로의 몸에 균열이 가고 있었다. 피부의 살점이 떨어진다는 건 모습을 유지하기 힘들 정도로 마력의 상태가 최악이라는 뜻이다.

라이라가 급히 쓰러진 남자를 바라봤다.

"그러니…… 반드시 살리도록. 그 뒤에 이야기하마. 지금은, 상당히, 버티기 힘들군."

우리엘 디아블로가 다시 눈을 감아버렸다.

그의 신체가 실시간으로 무너져 내리고 있었다. 동시에 인간 남자의 숨소리도 점차 작아지는 중이었다.

라이라의 머릿속에 경적이 울렸다.

"으으으읍! 으으으읍!"

이그닐이 입을 크게 벌려 라이라를 물고는 놔주질 않았다.

그제야 조금 알 것 같았다.

이그닐이 이 남자를 아빠라고 불렀던 이유.

이그닐과 우리엘은 심보가 날 정도로 서로를 잘 알았다. 알 수 없는 유대. 라이라의 그것보다 훨씬 긴밀하게 연결되어 있었다.

그래서 알아본 것이리라.

'살려야 한다.'

우리엘이 거짓말을 입에 담을 리 없었다.

라이라가 쓰러진 인간 남자를 바라봤다.

그리고 천천히 손을 뻗다가 닿기 직전 잠시 주저했다.

그러다가 고개를 내젓곤 남자를 자신이 누워 있던 자리에

눕혔다. 세계수의 잎들이 치유 작용을 하며 회복을 시켰지만 그래도 부족하다.

게다가 인간 모습으로 돌아간 순간부터 심연의 어둠이 그를 짓누르기 시작했다.

'분명히 창고에 엘릭서가 있었지.'

라이라가 빠르게 움직였다.

시간이 없었다.

라이라의 표정이 굳었다.

'없다.'

엘릭서. 신의 음료라 불리는 그 치료제는 창고에 없었다.

뒤늦게야 남아 있던 엘릭서가 라이라를 치료하기 위해 사용되었단 사실을 깨달았지만, 지금 당장 구할 방도가 없었다.

'엘릭서는 암흑 상회에서도 좀처럼 취급하지 않는 물품인데.'

암흑 상회로 갔다 와야 하나?

그때까지 과연 남자가 버틸 수 있을까?

심연의 독은 실시간으로 그를 죽이는 중이었다. 하물며 괴물의 모습에서 돌아온 이후로 모든 게 불안정한 모습이었다.

그때, 성 바깥에서 물건을 옮기고 있는 야차들이 보였다.

거대한 수레를 몇 개나 이용하여 움직이는 중이었다.

"구화랑."

라이라가 야차들의 우두머리인 구화랑에게 다가갔다.

그러자 구화랑이 고개를 갸웃하며 답했다.

"어, 깨어나셨네. 역시 쉽게 죽지 않을 거 같더라니."

안도인지 악담인지 모를 말을 지껄이며 웃어버리는 구화랑이었다.

"이것들이 다 뭐지?"

"그거 있잖수. 멸제의 카르 뭐시기. 녀석의 창고를 다 털어오는 길입니다만. 왜요?"

"그 안에 치료제가 들어 있나?"

"뭐가 뭔지 알 수 없는 물병은 많더군요."

"잠시 뒤져 봐야겠다."

"마음대로 하쇼."

구화랑이 어깨를 으쓱했다.

다른 이들이라면 말렸겠지만 라이라 디아블로다. 우리엘 디아블로의 바로 아래 있는 최고 계급. 이미 그를 따르기로 했으니 구화랑으로선 막을 명분도 없었다.

라이라가 수레들을 뒤지며 몇 개의 물병을 골라냈다.

'인간에게 들을 만한 약은 이게 전부다.'

치유력을 올려주는 물약 몇 가지.

하지만 성에 차지 않았다.

"그런데 용은 어떡합니까?"

"……용?"

"검은 용 한 마리를 포획했습니다. 일단 밖에 묶어뒀습니다만, 좀처럼 말을 안 들어서요."

"카르페디엠이 기르던 암흑룡을 말하는 모양이군."

"예. 그거랑 아직 못 옮긴 수정만 마저 옮기면 전부 가져온 셈입니다."

암흑룡이라면 커스를 말하는 것일 테다.

수정은 아마도 망령대왕의 묘에 있던, 카르페디엠이 봉인을 풀고자 했던 것이겠지.

라이라가 잠시 생각에 잠겼다.

그러곤 고개를 끄덕였다.

'어린 용의 심장은 최고의 치료제지.'

암흑룡의 심장이라는 게 걸리긴 하지만 모든 용의 심장은 비슷하다. 감히 최고의 치료제라 할 수 있었다.

암흑 상회에 들러서 있을지 없을지 모를 엘릭서를 찾는 것보단 이게 빠를 것이었다.

"심장을 뽑아야겠군."

"예?"

"암흑룡의 심장을 뽑아야겠다."

"어마어마한 소리를 별거 아닌 듯이 하는 재주가 있으시군요."

용의 심장을 뽑는단다. 그야 용의 심장이라 하면, 엄청난 가치를 내포하고 있긴 했다. 구하고 싶어도 쉽게 구할 수 없는 물건.

하지만 아무리 그래도 살아 있는 것만 못하다.

굳이 살아 있는 걸 죽여서까지 얻을 가치는 몇 가지 경우를 제외하면 크게 없었다.

하지만 라이라의 의지는 확고했다.

"따라와라. 너의 칼 솜씨가 필요하니."

"설마 용을 해체하라는 소리는……."

라이라의 험악한 눈을 보고 구화랑이 뜨악했다.

"……맞군요. 세상에. 나찰각에서 용의 배를 가르다가 걸리면 최소 천년면벽행인데."

야차들과 나찰들에게 있어서 그만큼 신성하게 여겨지는 짐승이 용이었다.

만에 하나 용을 죽인다면 그대로 천년면벽행이다. 차라리 죽는 게 나을 정도의 형벌을 받는다.

하지만 거부권은 없었다.

이미 심연에 들어선 순간부터 그에게는 자유가 허락되지 않았다.

라이라의 눈이 더욱 날카로워졌다.

살기.

죽음의 기운이 스멀스멀 구화랑을 향해 흘렀다. 농담이 통할 분위기는 결코 아니었다.

결국 구화랑은 양손을 들어 올렸다.

"못 한다고 했다간 내 목이 날아가겠네. 알겠습니다. 한번 해봅시다."

펄떡이는 용의 심장을 들고서, 라이라와 구화랑이 조용히 방에 입실했다.

용의 해체와 만약의 상황에서 구화랑의 지식이 도움이 될 수도 있기 때문에 함께 들어온 것이다. 구화랑은 약재나 치료에도 일가견이 있었다.

하지만 세계수의 잎사귀 위에 눕혀있는 남자를 보곤, 구화랑은 눈을 휘둥그렇게 뜰 수밖에 없었다.

"그러니까, 이놈이 우리엘 디아블로라고요?"

"무엄하군. 죽고 싶은 게냐?"

"아니…… 분명히 로드를 치료한다고 하지 않았습니까?"

"맞다."

"아닌데. 얘 오한성인데."

미치고 팔짝 뛸 일이었다.

구화랑은 나찰각에서 이 남자를 본 적이 있다.

요주의 인물이었다. 혹시 몰라 귀 뒤를 살피니, 검은 야차의 인도 그대로 있었다.

"이 인간이 로드이시다."

"그러니까, 우리엘 디아블로가 오한성이다? 오한성이 우리엘 디아블로다?"

"그렇게 되겠군."

우리엘 디아블로. 그 악의 중추가 어떻게 오한성이고, 오한성이 우리엘 디아블로란다.

꽤 오랜 시간을 살면서 별의별 경험을 다 겪었지만 이런 경우는 또 처음이었다.

허!

"이건 또 무슨 참신한 개소리야?"

구화랑이 어처구니없다는 표정을 지어 보였다.

달콤한 향기가 났다.

입술 근처를 오가는 내음에 정신이 아찔해졌다.

형용할 수 없는 부드러움. 무언가가 목을 타고 넘어가자 죽어가던 육체가 조금씩 재생하기 시작했다.

멸제의 마력을 라이라로부터 모두 흡수할 수 있었지만 완벽하게 융화하진 못한 상태였다. 태을무극심법의 구결로도 확실하게 정화할 수 없었다.

그것을 새롭게 들어온 마력이 중화시켜 주었다.

그다음 가슴이 저릿했고, 이내 서늘한 바람이 불어와 내 정신을 각성시켰다.

다시 눈을 떴을 때 주변엔 아무도 없었다.

'얼마나 잠들어 있었던 거지?'

자리에서 일어나 주변을 둘러보았다.

따로 마련된 별관.

세계수의 잎으로 둘러싸인 침대 위에 나는 눕혀져 있었다.

급히 가슴에 손을 얹었다.

두근! 두근!

심장이 뛰고 있다. 살아 있다는 방증이다. 심장과 연결된 마력의 다발도 안정적으로 작용하는 중이었다.

'멸제의 마력이 암령과 첨예하게 대립 중이었는데.'

나의 마력만으로는 멸제의 마력을 감싸기가 부족했다. 결국 멸제의 마력은 날뛰며 잠들어 있던 암령을 깨웠고, 서로가 폭주하며 벼랑 끝까지 몰렸다.

그런데 지금은 잠잠하다.

라이라가 무슨 수를 쓴 게 분명했다.

'상태창을 봐야겠다.'

십자 인을 허공에 그리자 곧이어 상태창이 허공에 떠올랐다.

[정보가 갱신됩니다.]

이름: 오한성

직업: 천지인(天地人)

칭호:

- 오한성(無, 순수마력 10당 모든 능력치+1)
- 열두 시련의 파훼자(6Lv, 지능+9)
- 놀 궤멸자(5Lv, 체력+7)

능력치:

힘 79(71+8) 민첩 78(65+13) 체력 82(67+15)

지능 76(54+22) 마력 88(75+13)

잠재력(332+71/498)

잠재 능력치: 4

특이 사항:

-심연의 여파로 모든 능력치가(-30%) 하락합니다.

-악성향과 선성향의 비율이 66:34입니다.

-용의 심장을 섭취하여 마력이 크게 상승했습니다.

-아직 융해되지 않은 마력들이 존재합니다.

-암령의 힘이 불완전하게 작용하고 있습니다.

[전후 비교]

힘 77 민첩 75 체력 81 지능 70 마력 78 잠재력(315+66/483)

힘 79 민첩 78 체력 82 지능 76 마력 88 잠재력(332+71/498)

꿀꺽!

절로 침을 삼킬 수밖에 없었다.

감히 '격변'이라 칭해도 좋을 정도의 변화다.

능력치 상의 변화는 마력을 제외하고 거의 제자리였지만, 잠재력이 그야말로 '말도 안 되는 수준'으로 변모했다.

500과 겨우 2밖에 차이가 안 나는 수준.

우리엘 디아블로와의 동화율이 크게 상승해서일까?

게다가 특이 사항에도 눈길이 갔다.

'용의 심장?'

악성향이 오를 거라는 건 알고 있었는데, 그다음 문구는 고개가 갸웃해진다. 용의 심장을 섭취한 기억은 없었다.

그러나 확실히 내부에 자리 잡은 묘한 마력이 존재하긴

했다. 중심에서 내 본연의 마력과 합쳐져 카르페디엠의 마력과 암령의 힘으로부터 균형을 잡아주는 중이었다.

'라이라가 먹였나 보군.'

나는 잠시 입술을 매만졌다. 아직도 묘한 체취가 입가에 남아 있는 듯했다. 설마 했지만 천천히 고개를 저었다.

어쨌거나 살아남았다는 게 중요했다.

위기는 기회라고 했던가. 큰 위기를 겪으며 더욱 높게 도약할 수 있는 발판을 얻었다. 498의 잠재력은 듣도 보도 못한 수치다.

'498이라니.'

공식적으로 알려진 바로는 500이 넘는 잠재력의 소유자는 없었다. 가장 높은 게 497이었다. 지금 나는 세계 최고 기록을 달성한 것이다.

확률의 기적. 그야말로 60억분의 1이었다.

하지만 무서운 건 이게 끝이 아니라는 점이다.

'우리엘 디아블로의 잠재력 한계치가 늘어났지. 아마도 내 잠재력 수치가 큰 폭으로 증가한 건 그 때문일 것이다.'

아무리 동화율이 올라도 500이 한계라고 봤다. 하지만 멸제의 카르페디엠을 소멸시키며 잠재력 수치가 25가량 상승한 바가 있었다.

그만큼 효율이 올라간 셈이다.

멸제의 카르페디엠의 피를 얻는 것보다 차라리 이게 나을 수도 있었다.

'문제는 잉여 마력이로군. 터지기 직전의 화약고와 다를 바가 없어.'

눈을 감고 잠시 내부를 관조한 결과 세 개의 힘이 서로 잠시 '휴식' 상태인 걸로 드러났다.

멸제의 마력, 나와 용의 마력, 그리고 암령.

놀랍게도 암령을 봉인한 문이 멸제를 거쳐 어느 정도 해방이 되어 있었다. 그럼에도 내가 멀쩡한 건 녀석 역시 함부로 움직일 수 없는 상황에 놓였다는 뜻이었다.

삼파전. 그중 멸제의 마력과 암령이 기 싸움을 하고 있었다.

'멸제의 마력을 모두 내 것으로 만들어야 한다. 그래야 암령을 누를 수 있다.'

하지만 언제 터질지 모른다.

가장 확실한 건 멸제의 마력을 완벽하게 융화시켜 암령을 얌전하게 만드는 것이었다. 하나 그러기 위해선 형용할 수 없는 수준의 시간과 노력이 필요하다.

실패하거든 반대로 암령이 멸제의 마력을 집어삼키고 순식간에 나를 지배하려 들 것이다. 말하자면 멸제의 마력을 두고 내가 먼저 흡수를 하느냐, 녀석이 선수를 치느냐의 싸움이었다.

'가장 확실한 건 태을무극심법의 경지를 높이는 건데.'

4성. 내가 가진 모든 스킬 중 가장 더디게 올라가는 게 태을무극심법이었다. 물론 그만한 가치가 있긴 했다.

그만큼 경지를 올리고 싶다고 올릴 수 있는 스킬이 아니다.

고개를 내젓곤 자리에서 일어났다.

"아빠~"

이그닐이 뒤뚱거리며 내게 안겨들었다.

워낙에 경황이 없어서 알아차리지 못했는데, 구석에 주저앉아선 멍하니 이곳을 계속 바라보고 있었던 듯싶었다.

가슴팍에 얼굴을 비비며 이그닐이 내 냄새를 맡았다.

"아빠, 좋아."

이그닐을 조심히 안아 들고 머리를 쓰다듬었다.

"내가 얼마나 잠들어 있었지?"

"많이!"

"많이?"

"이그닐. 이만큼. 잤어."

이그닐이 손가락 일곱 개를 펼쳤다.

아마 7일을 의미하는 것 같았다.

그러더니 이그닐이 콩콩 가슴에 머리를 박곤 조심스럽게

입을 웅얼거렸다.

"엄마랑. 싸우면 안 돼. 싸우면, 싫어."

"그래, 안 싸우마."

이렇게까지 말해주는 아이가 있는데 싸울 수 있을 리가 없었다. 게다가 내가 바라는 건 화해와 화합이었다. 이를 라이라가 받아들일 수 있을지가 의문이긴 하지만.

'쉽지 않겠지.'

라이라의 반응은 결코 호의적이지 않았다.

전이하여 우리엘로서 말하지 않았다면 그대로 방치되어 죽어도 이상할 게 없었으니까.

하지만 나 역시 라이라를 치료하며 그녀의 마음을 엿보았다. 라이라는 진정한 자신을 찾지 못해 두려워하고 있었다.

"라임, 라율, 라온."

풀잎 정령들의 이름을 불렀다.

정령은 계약자에게 이름을 불리면 현실에서의 영향력을 얻는다.

심연에서도 가능할지 의아함은 있었지만, 동시에 내 주변으로 3명의 정령이 모습을 드러냈다.

-부르셨어요?

-여기가 어디예요?

-어두워! 음습해!

정령들의 모습은 많이 성장해 있었다.

상급 정령.

태을무극심법이 4성에 오르고, 몸에 박힌 라이라의 가시를 '물'로 중화시키자 놀랍게도 풀잎 정령들 역시 자라난 것이다.

풀잎이라는 이름답게 물을 주자 성장했다. 세 명이 한꺼번에 진급하여 놀랐던 기억이 남았다. 상급 정령은 정령사들 중에서도 계약에 성공하는 자들이 손에 꼽을 정도였기 때문이다.

하물며 나는 그 정령들을 성장시켜 상급으로 만들었다. 당시엔 풀잎 정령들도 매우 기뻐하며 내게 마구 뽀뽀를 날려댔다.

나는 라임, 라율, 라온 세 자매를 바라보며 말했다.

"너희들이 해줬으면 싶은 일이 있다."

"와아~"

이그닐이 꽃밭을 마구 뛰어다녔다.

심연에는 존재하지 않고, 존재할 수 없는 꽃밭이 성 앞에

만개한 것이다.

빠르게 싹을 틔운 꽃들이 결실을 맺고 주변에 활기를 주었다.

태어나서 처음으로 보는 광경에 이그닐은 신이 나 날개를 펄럭대며 주변을 노니는 중이었다.

"……왜 네가 여기 있는 거냐."

가장 먼저 나를 찾아온 건 구화랑이었다.

구화랑.

화련대의 대주. 그의 동생 구화린은 '적룡'이라 불리며 유망주로 손꼽혔다.

내가 가진 흑풍검의 주재료인 현철도 본래는 그의 것이었으니 살짝 양심이 찔리기도 했다.

"아무것도 못 들었나?"

"넌, 너는…… 야차가 아니었냐? 승천자의 의식을 통과하고, 검은 야차의 인을 가진……."

"야차가 전사를 뜻하는 거라면 틀린 말은 아니다."

"그런데 어떻게 심연에 있는 거지?"

구화랑의 관심사가 무엇인지 알겠다.

본래 나를 본 게 나찰산이었으니 심연으로 들어온 경위가 궁금할 것이다.

"이 몸으로는 나찰산과 심연을 오갈 수 있으니까."

"……!! 저, 정말이냐? 그럼, 그럼 나도……."

"네가 원하는 게 뭔지는 알겠지만 불가능하다. 그러나 걱정 마라. 내가 마지막으로 본 구화린은 충분히 활기가 넘쳤으니."

구화랑이 걱정하는 건 오로지 자신의 여동생인 구화린뿐이다. 구화린은 나찰각을 내려가 1년 뒤에 다시 보자고 내게 말한 바가 있었다.

내 말을 듣고서야 구화랑이 숨을 크게 들이마셨다.

"정말, 우리엘 디아블로인 건가?"

"그렇다."

"미치겠군."

구화랑이 복잡하기 짝이 없는 눈빛으로 나를 바라봤다.

나찰각에서의 상황이 완전히 뒤집혔다.

검은 야차의 인을 가진 문제아로 취급받던 내가 사실은 심연의 절대자였다니. 그야 혼란스러울 만도 하였다.

하지만 이내 입장을 정리한 구화랑이 무릎을 꿇었다.

"죄송합니다. 결례를 용서해 주시길."

"일어나라. 나였어도 그랬을 테니."

"아닙니다. 자숙의 의미로 한동안 이러고 있겠습니다."

쿵! 쿵!

그러곤 머리를 바닥에 찧었다.

스스로 걸리는 일이 생각보다 많은 모양이었다.
그것까지 억지로 말리진 않았다.
나는 정령들에게 양해를 구하고 주변의 꽃을 꺾어 화관을 만들었다. 이제 곧 나타날 라이라에게 선물하기 위함이었다.
'꽃 싫어하는 여자는 없지.'
일단 최대한 이 몸으로 버텨볼 생각이었다.
지금 이 화약고 같은 몸을 내버려 두고 전이했다가 자칫 터져 버리면 걷잡을 수도 없거니와, 라이라가 이 몸에 적응하게 만들고 싶었다.
앞으로 해야 할 일이 많다. 계속해서 온도 차가 존재한다면 여간 쉽지 않을 것이다.
이윽고 멀리서 라이라가 다가왔다.
나는 만든 화관을 등 뒤로 숨겼다. 적절할 순간에 넘겨줄 생각이었다.
하지만 라이라는 찬바람이 쌩쌩 부는 얼굴로 내게 말했다.
"카르페디엠이 봉인을 풀려던 것의 정체를 알아냈습니다."

거대한 수정.
그 안에 거인이 잠들어 있었다.
10m의 장신. 보통 '거인족'이라 칭해지는 종족이 몇 있긴

했지만, 그들과는 전혀 느낌이 달랐다.

"요트나르. 신과 필적하다 전해지던 거인들 말이지……."

나는 턱을 쓸었다.

카르페디엠이 무언가 거대하고 대단한 걸 깨우려고 한다는 건 알고 있었지만, 설마 그 정체가 요트나르일 줄이야.

내 예상을 훨씬 웃도는 존재였다.

만약 카르페디엠이 성공적으로 이것의 봉인을 풀고, 휘하에 두었다면 전쟁의 양상이 완전히 달라질 수도 있었겠다.

의도적으로 그 직전에 쳐들어간 것이긴 하지만, 상상만으로도 아찔해지는 순간이었다.

"아직 봉인이 되어 있습니다. 카르페디엠이 소멸되며 그가 다루던 흑마법사들도 모조리 죽었기 때문에 당장 봉인을 해제할 순 없습니다."

라이라의 표정은 심각하기 그지없었다.

그녀가 이어서 말했다.

"하지만 이것이 정말 '요트나르'라면, 감당하지 못할 골칫덩어리로 전락할 수도 있습니다. 소문이 퍼지면 수많은 자가 달려들 테니까요."

"깨워서 활용할 수 있다면 이야기는 달라지겠지."

"하지만 그러기 위해 필요한 것들을 구하는 와중에 이야기가 퍼질 겁니다."

입이 말랐다.

요트나르가 정말 신과 대적할 만한 존재인지 궁금하기도 했다. 그런 존재를 내 아래 둘 수만 있다면 앞으로의 싸움이 한결 편해질 것이었다.

"봉인을 해제하는 건 문제가 되지 않는다."

"방법이 있습니까?"

"이그닐."

내가 준 화관을 머리에 쓰고 빙글빙글 주변을 돌던 이그닐이 내 호명에 맞춰 옆으로 달려왔다.

"으응? 왜에?"

"저 봉인을 해제할 수 있겠느냐?"

"응!"

이그닐이 확신에 차선 고개를 주억거렸다.

역시나.

예상이 맞았다.

'이그닐은 열쇠다.'

그것도 모든 것을 열 수 있는 강력한 열쇠였다.

처음엔 몰랐다. 하지만 닫힌 문을 열고 혼자 들어가며, 문과 문을 연결하여 움직이는 것을 보고 어느 정도 확신을 가질 수 있었다.

그리고 그것은 '봉인'에도 적용되었다.

이그닐이 거대한 수정 앞으로 다가갔다.

그리고 손을 가져다 대자.

쿠르르르르릉!

수정이 크게 흔들리기 시작했다.

잔뜩 긴장한 채로 수정의 흔들림을 바라보았다.

겉 표면이 조금씩 깎여 나가는 중이었다. 이그닐에게 반응하여 봉인의 해제가 진행되고 있는 것이다.

'멸제의 카르페디엠. 녀석은 요트나르를 지배하려고 했다.'

저 거인의 정체가 신의 대적자 요트나르라는 말을 들었을 때, 나는 멸제의 카르페디엠이 아무런 준비도 없이 그런 존재를 깨울 리 없다고 생각했다.

즉시 카르페디엠의 모든 물건을 뒤져서 '그것'을 찾아냈다.

'블로두가다(Bloðughadda)의 손.'

핏빛 붉은 머리카락을 가진 자라고 불리는 물결의 여신 중 하나의 손목이었다. 지금은 빛이 바래 아무런 능력도 없었지만 이것이 바로 수정 안에 잠든 거인을 움직일 '증표'임에는 분명했다.

내 생각이 맞다면 저 요트나르는 이 증표에 반응할 것이었다.

아니라면 즉시 전이하여 불안정한 전투를 속행해야겠지만, 카르페디엠이 그 정도의 가능성도 재고하지 않고 일을 진행했으리라곤 생각하지 않았다.

쿠릉! 쿠르릉!

수정의 표면이 깎이고, 또 깎인다.

그리고 그 사이에서 거인이 눈을 떴다. 핏빛의 안광.

동시에 어둠의 정령들이 미친 듯이 몰려들었다.

콰득. 콰지지직!!

거인이 수정을 깨부쉈다. 나는 머리 위로 물음표를 그리던 이그닐을 빠르게 낚아채 물러났고, 라이라는 동시에 느껴지는 압도적인 '격'의 앞에 절로 마검 검은 태양을 뽑아 들었다.

후욱! 후우욱!

거인이 거친 숨을 내몰아쉬었다. 치렁치렁한 수염과 피부는 물고기의 그것처럼 투명한 비늘로 뒤덮여 있었다. 하지만 그가 쏘아내는 눈빛은 절로 가슴을 철렁거리게 만들기에 충분했다.

마치 세상이 멈춘 것만 같았다.

나의 본능은 계속해서 '도망쳐라', '전이해라'라고 말하고 있었다.

이만한 격이라니.

능히 데몬로드와 비견될 만했다.

더욱 놀라운 건…….

'완전한 상태가 아니다.'

거인의 몸은 겉으로는 보이지 않지만 심히 망가져 있었다. 어둠의 정령들이 그만한 격을 가진 존재에게 지대한 영향을 끼치는 것만 보더라도 알 수 있는 점이었다.

게다가 그의 '등'에 불로 지진 듯 커다란 화상이 있었다. 절대로 치유되지 않는 강렬한 불에 당한 게 분명했다.

이그닐과 함께 거리를 두고 떨어지며 나는 '심안'을 열었다.

[???]

[상대의 정보를 파악할 수 없습니다.]

이맛살을 구겼다.

'아예 발동조차 안 한다고?'

심안이 아예 발동조차 하지 않았던 것이다.

이런 적은 처음이었다. 아무리 강력한 상대라고 할지라도 심안으로 인해 조금의 정보는 볼 수 있었거늘.

"다…… 죽일 것이다. 나의 궁전을 불태우고 내 모든 것을 앗아간 짐승 같은 놈들! 특히 로키, 너만은 결코 용서하지 않으리라!!"

콰아아아아아앙!

그가 발을 내딛자 지면이 올라왔다.

검은색의 비가 내리고 독안개가 형성되었다.

"안개를 마시지 마라!"

이그닐과 라이라에게 경고했다. 저 안개가 품은 '독'의 위력은 상상을 초월하고 있었다.

어지간한 괴물은 저 안개에 닿는 즉시 녹아내릴 것이다.

요르문간드와 계약한 나는 괜찮을지 모르지만, 이그닐이나 라이라가 맡았다간 한 치 앞을 모르게 될 가능성이 높았다.

그리고 즉시 카르페디엠의 물건에서 찾아낸 '손'을 하늘 높이 들어 올렸다.

만약 내 추측이 맞는다면, 저 거인은…….

"에기르! 여기 너의 딸의 손목이 있다!"

에기르!

바다의 신이자 해양 생물의 왕으로 불리는 요트나르가 분명하다.

이윽고 거인이 고개를 돌려 나를 내려다보았다.

정확히 내가 든 손의 형태를 바라보곤 멍하니 입을 크게 벌렸다.

그러곤 화가 난 듯 노호를 내질렀다.

"그런가! 그런가! 끝내 내 딸들마저 죽였더냐!"

"죽인 건 내가 아니다. 그러니 안개를 거두어라, 에기르!"

"크흐흐흐! 블로두가다, 내 사랑스러운 딸! 용서하지 않을 것이다. 나를 가두고 동족을, 가족을 헤친 무도한 놈들! 해양왕의 이름을 걸고 결코 용서하지 않을 것이야!"

말을 듣지 않았다. 그의 광기와 분노는 시간이 지날수록 더 비대해져 가고 있었다.

'이것만으로는 부족했던가?'

부족하다면 남은 방법은 전이뿐이었다.

데몬로드의 몸으로 헌신하여 싸운다면 적어도 패배하진 않을 것이다.

그는 완벽하지 않은 상태였고, 큰 상처를 입고 있었다.

쿵! 쿠우우웅!

비구름이 몰려든다. 검은 비가 쉴 새 없이 내렸다.

심연의 먼 장소에서도 이곳이 눈에 들어올 듯 광활한 반경이었다.

이윽고 에기르의 손에 물로 이루어진 깃발 하나가 들렸다. 커다란 배의 돛대에 다는 그러한 깃발과 무척이나 비슷했다.

'왕의 깃발.'

안 좋은 예감이 들었다.

저 깃발을 휘두르는 순간 이 주변에 남아나는 게 없을 것 같았다.

라이라를 바라봤다. 그녀라면 조금은 시간을 끌어줄 것이다. 그사이 우리엘로 현신하면 에기르를 막을 수 있을 터였다.

'카르페디엠, 이 멍청한 놈!'

단순히 손목이 잘린 손 하나면 에기르를 조종할 수 있다고 믿었던 걸까? 녀석이 그토록 허술하지 않을 거라고 믿었던 내 잘못이다.

그렇게 내가 막 '전이'를 하려던 찰나였다.

"어디까지 추락한 것이냐, 에기르? 추하다, 불쌍한 왕아."

목소리가 들렸다.

고개를 돌리자 그곳에 폭발적인 아름다움을 가진 여인이 서 있었다.

팔짱을 낀 채로 유유히 거인을 바라보며.

크롸아아아앙!

그녀는 순백의 용 위에 타고 있었다.

'이타콰!'

그리고 요르문간드였다.

어떻게?

의아해하며 입을 열려는 순간, 요르문간드가 나를 쳐다봤다.

"후후, 숨겨놓은 것을 걸렸을 때의 어린아이와 같은 반응이로구나."

언제까지고 숨겨둘 순 없다는 뜻이다.

하지만 지금은 상황이 상황이었다.

아무리 그녀가 세계를 집어삼킨 뱀이라고 할지라도, 현재는 그 힘을 거의 다 잃었다. 그나마 최근 내가 강해지며 그녀 역시 '존재력'을 확립할 수 있었으나 그래도 에기르와 비교하면 새 발의 피였다.

"요르문간드, 그 일은 나중에 얘기하지. 지금은 피하는 게 우선이다."

"그럴 필요 없다."

그럴 필요가 없다고?

그녀는 굉장히 오만한 태도로 이어서 말했다.

"나와 녀석은 구면이다. 쯧쯧, 어쩌다가 그 찬란하던 왕이 이 모양이 되었을꼬? 복수심에 불타 본연의 모습마저 잃어버렸구나."

그녀 역시 강렬한 복수심을 가지고 있었다.

처음 '오딘의 창고'에서 그녀를 만났을 때, 요르문간드는 오딘에 대한 무한한 증오심을 여지없이 뿜어대고 있었다.

하지만 그녀 자신의 정체성을 잃지는 않았다.

그러기에 그녀는 너무나 고고한 존재였기 때문이다.

그 특유의 자신감과 자존감은 세상 누구도 따라올 수 없는 것이었다.

이윽고 그녀가 이타콰의 머리 위에 올라 에기르와 눈을 맞댔다.

"해양왕이여, 짐을 못 알아보겠느냐?"

그녀를 본 에기르가 잠시 멈칫했다.

하지만 그 흉흉함은 그대로였다. 독의 안개가 이타콰와 요르문간드를 감싼 것이다.

그러나 아무런 효과도 주지 못했다.

요르문간드가 다시금 혀를 찼다.

"고작 이따위 독으로 그들을 죽이겠다고? 웃기는구나. 불로 뛰어드는 부나방과 다를 바가 없다. 짐은 그 모습 또한 웃으며 즐길 준비가 되어 있다만……."

그녀의 뒤로 뱀의 꼬리가 솟았다.

이빨이 날카롭게 돋아나고 눈은 더욱 흉흉하게 빛났다.

"버릇없는 녀석 같으니. 너의 광대 짓에 짐의 것을 끌어들이면 이야기가 다르니라."

그녀가 슬쩍 나를 바라봤다.

요르문간드는 나를 그녀의 것으로 취급하고 있었다.

그다지 동의하진 않지만 그 생각까지 내가 어찌할 순 없는 노릇이었다.

다시금 요르문간드가 흉흉한 이빨을 보이며 에기르와 대치했다. 에기르도 왜인지 움쩍달싹하지 않았다.

요르문간드를 노려보며 기 싸움을 하고 있을 뿐이었다.

그렇게 몇 초의 시간이 더 지났을까.

"요르…… 문간드……."

"그래, 눈이 아주 썩어버리진 않은 모양이구나."

에기르의 눈이 조금씩 풀리기 시작했다.

그를 집어삼키던 어둠의 정령들이 요르문간드를 앞에 두고 하나둘 도망치기 시작한 것이다.

그녀는 그저 세계를 집어삼킨 게 아니다. 그 세계에 존재하던 '모든 것'을 한때 집어삼켰다. 정령이라면, 그것이 설령 어둠의 정령이라 할지라도 그 무서움을 본능적으로 알 수밖에 없었다.

"미드가르드의 뱀이…… 어떻게? 죽었다고 들었는데?"

"흥, 짐은 죽지 않는다. 다시 시작할 뿐이지."

"아아…… 그럼 이 모든 게 꿈이 아니라고?"

쿠우웅!

에기르가 무릎을 꿇었다.

독안개가 사라지고 비가 멎었다.

동시에 그는 내가 든 블로두가다의 손을 바라봤다.

"모든 것을 잃었구나. 꿈인 줄 알았건만 꿈이 아니었어.

허허허!"

"현실을 외면하지 마라. 짐은 그런 자를 제일 싫어하노라."

"하지만 현실이라면 어찌한단 말이냐? 분노에 몸을 맡기지 않고 어찌 그들을 죽일 수 있단 말이냐!"

'그들'이라 말하는 건 아마도 신들을 뜻하는 것일 테다. 에기르는 로키를, 요르문간드는 오딘을 증오하고 있었다.

그러자 요르문간드가 작게 미소 지었다.

"'위대한 정신'과 그의 몸이 분리되었다는 이야기를 들었다. 놀랍게도, 이곳에 오고 짐은 느꼈노라. 그 몸이 이곳 심연에 있음을! 에기르여, 해양의 왕이여. 그대도 느껴지지 않는가?"

"느껴지지 않는다."

"……오랜만에 깨어나서 감이 다 죽어버린 모양이군."

'싱크홀'에 들어가 경합을 치를 때도 요르문간드는 나와 함께 있었다. 다만, 쥐죽은 듯 자신의 존재를 숨기고 있었을 따름이었다.

그리고 그녀 역시 들었다. '위대한 정신'이 천계에 있음을. 위대한 정신은 위대한 별을 채울 내용물이었다.

대답이 기대에 못 미치자 요르문간드는 어깨를 으쓱했다.

이후 그녀가 이타콰에게서 내려와 내 옆으로 다가왔다.

"기뻐하라. 놀랍게도 짐의 반려는 그 '그릇'으로 향하는 지표이니라. 이 깜찍하고 요망한 녀석. 짐에게 그 사실을 왜 숨기고 있었던 것이냐?"

그녀가 예뻐 죽겠다는 눈빛으로 나를 바라봤다.

아무래도 '우리엘 디아블로'의 존재를 그녀는 어렴풋이 느낀 듯싶었다.

그 존재의 근원이 내가 된다는 것까지도.

하나를 보고 열을 안다. 이래서 어지간하면 알리고 싶지 않았을 뿐이다. 요르문간드의 눈은 세계를 바라보고, 그녀의 지식은 범접 불가의 영역에 있었기 때문이다.

이어 요르문간드가 다시금 에기르에게 시선을 던졌다.

"해양왕이여! 짐에게, 짐의 반려에게 협조해라. 그리하여 짐이 모든 존재력을 되찾고 '그릇'을 강탈하게 된다면 우리는 다시 아스가르드에 올라 우리를 이렇게 만든 자들에게 복수할 수 있으리라."

그릇. 그녀가 말하는 그것은 아마도 '위대한 별'을 뜻할 것이다.

스륵!

그녀가 고혹적인 자태로 입술을 훑었다.

"자고로 왕이란 보다 넓게, 멀리 보는 자를 뜻하느니. 부디 짐을 실망시키지 말길 바라마."

"……가능하단 말인가? 대부분의 요트나르는 죽었다. 그대와 같은 세계의 괴물도 지금은 보다시피 초라하기 짝이 없지."

"아둔한 왕아, 그래서 넓게 보라는 것이다. 그릇을 쟁탈할 수만 있다면 아스가르드의 문지기들도 감히 우리를 막지 못할 것이니!"

"그릇, 그릇! 대체 그 그릇이 무엇이기에 그게 가능하단 말이냐?"

요르문간드가 천천히 내 가슴에 손을 올렸다.

한쪽 손은 내 가슴에, 그리고 나머지 한쪽 손은 저 먼 곳에 존재하는 '암흑 상회' 쪽으로.

"짐이 선택한 반려는 '왕의 힘'을 지니고 있었지. 그리하여 짐은 그를 택했다. 설마 그 왕의 힘이 '그릇'의 힘을 빌려 담은 것인 줄은 꿈에도 모르고 있었다만, 이곳 심연에 들어오고 깨달았느니라."

여전히 알 수 없는 말들뿐이었다.

하지만 요르문간드는 확신에 차 있었다.

그녀의 눈은 여태껏 본 적이 없을 정도로 깊은 환희에 둘러싸여 있었던 것이다.

요르문간드가 암흑 상회를 가리키던 손을 하늘로 뻗었다.

"하늘을 보아라. 71개의 별이 떠 있도다. 저 모든 게 하나가 되는 날, '그릇'이 깨어나 진정한 별을 담을 것이다. 천계에 있는 위대한 정신이 필요가 없어지게 된다는 뜻이다. 후후, 이런 기가 막힌 장치를 해놓았을 줄이야. 대체 누구의 계획일까?"

"답답하다! 세계의 괴수여, 알 수 있게 말해보아라. 대체 그 '그릇'이 무엇인지!"

에기르는 애가 탄다는 표정이었다. 나 역시 마찬가지였다.

그녀는 위대한 별의 정체를 알고 있는 듯싶었다.

이윽고, 요르문간드가 작게 말했다.

"새벽의 샛별, 타락한 자."

더없이 아름다운 미소와 함께.

"루시퍼(Lucifer)."

모두가 숨을 멈췄다. 적어도 나는 움직일 수 없었다. 그녀의 입에서 튀어나온 이름이 너무나도 의외의 것이었기 때문이다.

빛을 가져오는 자, 루시퍼!

사탄이 타락하기 전 천계에 있을 적의 이름이었다.

가장 강력한 죄악이지만 내게는 더더욱 와닿았다.

'루시퍼가 될 것인가, 사탄이 될 것인가.'

마치 운명처럼 다가왔다.

빛이냐, 어둠이냐. 내게는 두 가지 성향이 공존하고 있었다. 만약 '위대한 별'의 몸을 취한다면 나는 어느 쪽으로 완성될까?

그런 의문이 막 들려던 찰나, 에기르가 격하게 반응했다.

"타락한 왕자! 빛도 어둠도 아닌 유일무이한 모순. 그리하여 신들이 가장 두려워하는…… 그 왕자라면 충분히 우리의 목적을 달성할 수 있겠군."

"바로 그렇다. 이제야 이야기가 통하는구나, 해양왕이여."

"하지만 인간이 어찌 그 그릇에 담길 수 있단 말이냐?"

"정확히 말하자면, 나의 반려와 함께 공존하는 또 다른 왕이다. 나의 반려는 잠에 들면 왕이 되어 수많은 별을 헤아리지."

요르문간드가 이 정도로 흥분한 모습은 본 적이 없었다.

별을 헤아린다는 고풍스러운 표현까지 써가며 나를 칭찬하는 걸 보니. 평소 칭찬에 인색한 그녀답지 않은 언행이었다.

하지만 '위대한 별'의 정체가 루시퍼라는 소리에 나도 잠시 이야기를 따라가지 못하고 있었다. 데몬로드가 싸울 수밖에 없는 원천적인 이유가 튀어나온 것이다.

하지만 이해가 안 되는 건 분명히 있었다.

"'위대한 별'이 루시퍼라면, 어째서 다른 악신들이 왕들을 후원하는 거지?"

바로 이것이다.

악신들. 대표적으로 우리엘을 후원하는 디아블로와 브뤼시엘 혹은 제로 등이 그렇다. 정말로 72명의 데몬로드가 싸우는 게 루시퍼의 힘을 취하기 위함이라면, 굳이 악신들이 자신의 이름을 빌려줘 가면서 싸움에 참여하는 게 이해가 되지 않았다.

그들 역시 신이다. 신의 격을 지닌 위대한 존재.

아무리 루시퍼가 빛과 어둠 양면성을 지닌 신이라지만, 그와 비견될 신들이 아예 없는 것도 아닐진대.

요르문간드가 내 턱을 천천히 쓸었다.

"악신들이 참여했다면 그건 간단한 이유니라. 침략을 위해서지."

"침략?"

"예전, 모든 차원은 하나였다. 하지만 신화 전쟁으로 차원이 나뉘며 '균열' 또한 태어났지. 악신들은 그렇게 나뉜 크고 작은 세계의 주인이기도 하다. 하지만 언제나 그들은 '균열'의 위험 속에 있노라. 균열의 침식으로 언제 세계가 없어질지 모르지. 그 균열을 없앨 수 있는 방법은 단 하나."

"……그게 침략이다?"

"반려는 누구와 다르게 말이 잘 통하는군? 그래, 루시퍼는 단순한 빛과 어둠이 아니다. 그 존재만으로도 능히 압도적이다만, 그는 세상의 '중심 다리'이기도 하지. 또한 동시에 모든 '균열'에서 유일하게 자유롭다. 왜냐하면…… 그는 '허무'의 주인이기 때문인즉."

루시퍼가 모든 차원을 잇는 '문'과 같은 역할이라는 건 알겠다. 루시퍼를 얻는 자는 유일한 공격권을 얻을 수 있다는 뜻이었다.

하지만, 허무?

처음 들어보는 이름이다.

그러나 그 두 글자를 입에 담을 때의 요르문간드는 무척이나 신중해 보였다. 해양왕 에기르 역시 진지하기 짝이 없는 표정이었다.

"허무가 뭐지?"

하여, 묻지 않을 수 없었다.

이것은 세계의 비밀이다. 내가 몰랐던 이면의 이야기.

알아야 대처한다. 알아야 뭐든 할 수 있다. 모르면 언제나 수동적일 수밖에 없다는 걸 나는 과거의 경험으로 깨닫고 있었다.

요르문간드가 고혹적으로 입술을 훑으며, 말했다.

"내 존재력이 회복되고 있는 데에 대한 답례로 말해주마. 허무는 신들의 무덤이다."

"신들의…… 무덤?"

"혹은 신이 되지 못한 자들의 감옥이 바로 허무이니라."

꿀꺽!

목울대가 울렸다.

요르문간드가 아주 재미있다는 듯 웃었다.

"후후후! 루시퍼의 신체는 그 허무의 주인 되는 권한을 가지고 있지. 그러니 탐이 나지 않겠느냐? 허무의 힘을 가질 수만 있다면 뭔들 못할까?"

무엇이든 할 수 있다는 듯.

그때, 에기르가 입을 열었다.

"문제는 이것을 계획한 자가 누구냐는 것이겠지. 그렇지 않느냐, 요르문간드여?"

"오, 이제야 머리가 돌아가기 시작한 것이냐?"

"네가 말하는 게 정말 루시퍼라면 나의 복수에 가능성이 생긴다. 하지만 악신들은 그 뒤가 구리지 않은 놈이 없다. 그들이 참여한 전쟁이라면, 이 전쟁을 뒤에서 기획한 자들의 의도가 심히 염려되는군."

"설령 이것이 기획이라고 한들, 모든 변수를 계산하는 것 역시 불가능하노라. 내가 부활하고, 그대가 참전하며, 설마 '왕의 힘'을 지닌 자가 진짜 인간이라는 걸 그 누가 예상하겠느냐?"

변수는 또 다른 결과를 낳는다.

지금 나와 내 주변은 오로지 변수뿐이었다. 이러한 변수를 모두 계산하는 건 그야말로 신이라도 불가능한 일.

요르문간드는 '변수에 의한 승리'를 바라보고 있었다.

어느 정도 자신도 있는 듯했다.

하기야 한때는 세계를 집어삼켰던 뱀이다. 누가 그녀를 무시할 수 있겠는가.

차아앙!

하지만 그 순간 요르문간드의 목에 검이 겨눠졌다.

검은색의 검, 마검 검은 태양.

그것을 쥔 이는 당연히 라이라 디아블로였다.

라이라는 무척이나 무미건조한 얼굴로 요르문간드에게 살기를 날리고 있었다.

아아. 이곳엔 라이라도 있었다. 너무나도 충격적인 이야기들에 잠시 정신을 빼앗긴 탓에 잠시 잊어버리고 말았다.

검을 바라보며 요르문간드가 눈썹을 살짝 찌푸렸다.

"그러고 보니 궁금했노라. 이 버릇없는 계집은 무엇이냐?"

"그러는 그쪽은 로드와 무슨 관계인 거지? 인간 모습의 로드를 알고 있는 듯한데……."

"그는 나의 것, 나의 반려이니라."

"말도 안 되는 소리!"

라이라의 음성이 올라갔다.

나는 내심 탄식을 흘렸다. 일이 생각보다 복잡해질 가능성이 있을 듯했다. 흔히 말하는 막장 드라마가 연상되는 건 왜인지.

"왜 말이 안 된다고 생각하느냐?"

"로드는 로드이시다. 인간의 모습은 그저 잠시 빌리신 것일 뿐. 위대한 용마족의 후예가 인간일 리 없으니, 그쪽이 진짜 반려라는 것도 말이 안 되지."

묘한 고집이 엿보였다.

라이라는 인간의 모습인 나를 약간 꺼리는 기색을 분명히 가지고 있었으나, 그녀가 몰랐던 인연들에 당황한 것 같았다.

그녀의 말투에선 약간의 배신감도 느껴졌다.

입술이 바짝 말랐다. 나는 마검에 손을 대며 자리를 물렸다. 급속도로 마력이 빠져나가기 시작했지만 그런 걸 따질 때가 아니었다.

"내가 이야기하마."

"로드시여, 이야기할 필요도 없습니다. 지금 당장 저 말도 안 되는 말을 지껄이는 혓바닥을 잘라내겠으니!"

"하하! 깨어나고 들은 가장 재미있는 말이로다. 묘한 게 섞인 마족의 계집아. 삼키면 비린내 하나 안 날 것 같은 것이

내 혓바닥을 잘라내겠다니?"

차앙!

마검이 요르문간드의 정수리를 향해 정면으로 달려들었다.

급히 흑풍검을 들어 막았지만, 전신이 저릿했다. 인간의 몸으로 당장 라이라를 이기는 건 힘들다. 능력치의 차이도 차이거니와 아직 그러한 '격'에는 도달하지 못했다.

마지막에 라이라가 힘을 빼지 않았다면 손목이 부서졌을 것이다.

"막지 마십시오."

"내가 이야기한다고 했다."

"하나……."

"그만."

단도직입적으로 말했다.

이후 요르문간드에게 시선을 옮겼다.

"요르문간드, 라이라를 놀리는 걸 그만두어라. 정말로 내 힘이 필요하다면 내 말을 들어야 할 것이다."

"후후, 알겠다. 오늘은 너의 장단에 맞춰주지. 지금의 짐은 기분이 매우 좋도다."

내심 한숨을 내쉬었다.

가만히 방치했다간 산에 번지는 불처럼 크게 타오를 수도 있었다.

나는 잠시 해야 할 말을 정리하곤 입을 열었다.

"요르문간드는 내가 인간의 모습일 때 '계약'한 마수다. 서로가 서로의 필요에 의해 서로를 돕는 협력 관계 같은 것이다. 결코 네가 생각하는 그런 게 아니다."

"굳이 저런 것과 계약할 필요가 있습니까? 로드께선 지고하신 존재입니다. 다른 이의 도움이 필요하지 않습니다."

"그렇지 않다는 걸 너도 알지 않느냐? 암흑 상회에서 경매가 열렸을 때, 안달톤 브뤼시엘과 우호적인 관계를 유지하라고 언질했던 이유가 무엇이냐? 혼자선 힘들 거라고 생각했기 때문이 아니냐."

"절대로 그런 의도는……."

"아주 없다고 할 수는 없을 것이다."

라이라가 입을 닫았다.

사실이기 때문이다.

우리엘 디아블로, 그 혼자만의 힘으로는 분명히 한계가 있었음에.

지금에야 또 다른 모습으로 또 다른 변수를 만들어내고 있다는 걸 알았지만, 당시의 라이라는 우리엘이 오로지 '하나'인 줄로만 알고 있었다.

하지만 나는 라이라를 이해했다.

갑작스러운 것들이 속속들이 튀어나오고 있었다.

당장 나 하나만으로도 벅찰 텐데, 요르문간드와 에기르는 무엇이며 그 이면의 이야기는 따라갈 수조차 없는 상태겠지.

"적응하는 데 시간이 필요할 것 같구나."

"저는…… 모르겠습니다."

라이라가 솔직하게 말했다.

이게 그녀의 장점이다. 적어도 나를 대함에 있어서 그녀는 항상 솔직하려고 노력한다. 가면? 그런 건 처음부터 없었다.

"보아하니 치정 싸움인 모양이군."

"치정 싸움만큼 재밌는 게 또 없지."

불난 집에 부채질을 하듯 에기르와 요르문간드가 말했다.

이윽고 에기르가 박수를 한 차례 쳐 보였다.

"그럼 연회를 열어야겠군. 연회에선 모두가 솔직해지는 법."

"흐음, 그대는 신들의 연회도 자주 열었었지. 이건 조금 기대되는구나. 듣기로는 모두가 '연결'되는 자리라고 하던데?"

"모두가 보고 싶은 걸 볼 수 있는 장소이니라. 나는…… 내 딸아이와 연결되어 잠시 이야기를 나눠야겠다."

에기르가 살짝 침울해진 표정으로 블로두가다의 손을 바라봤다. 에기르가 손을 뻗자 유유히 블로두가다의 손이 떠올라 그의 품으로 향한 것이다.

이윽고 그가 입을 열었다.

"그럼, 왕의 연회를 시작하겠노라."

에기르.

그를 중심으로 거대한 성이 나타나고 주변 지형이 숲으로 바뀌었다.

성의 안에는 온갖 진귀한 것이 산처럼 쌓여 있었으며 듣기 좋은 노래와 무희들이 춤을 추고 있었다.

공간 결계.

그의 권능인 '왕의 연회'였다.

연회장에 들어선 순간 모든 감정이 부드러워졌다. 모든 분노와 불신과 같은 감정들이 해소된 것이다.

크릉. 크르릉.

이타콰가 골골대더니 배를 보이고 드러누웠다.

이그닐은 이타콰의 배에 올라가 퐁퐁거리며 장난을 쳤다.

요르문간드조차도 술잔을 홀짝이며 미소를 짓고 있었다.

엄청난 효과였다.

아무리 적대적인 존재라도 이곳에서 전투를 벌이긴 여간 힘들 듯싶었다. 싸우고 부딪히질 않으니 다른 의미에서 무척 견고한 결계라 할 수 있었다.

'보고 싶은 걸 볼 수 있는 장소.'

술을 한 모금 머금자, 깊은 풍미와 함께 다시금 모든 게 변했다.

이타콰는 백발의 어린 남자아이가 되어 있었고, 이그닐은 여전히 앙증맞고 사랑스러운 모습으로 내 주변을 뛰어놀았다.

나는 작은 상가를 가지고 있었다.

1층엔 빵집과 카페가 있었고, 너 나 할 것 없이 수많은 사람이 그곳에 들어가고자 줄을 섰다.

아내와 함께 주변인들로 인해 작게 운영하는 곳이었지만 항상 웃음이 끊이질 않았다.

행복하다.

이런 삶을 살고 싶었노라고, 이런 소소한 삶이 좋다고, 은연중 나는 바라고 있었던 모양이다.

아내의 얼굴은 정확하게 보이지 않았다. 하지만 그녀가 나를 바라보는 눈빛은 천군만마를 얻은 듯 든든하기 그지없었다.

나 역시 그런 아내를 사랑했다. 부풀어 오른 배를 바라보며 우리는 앞으로 펼쳐질 미래에 관한 이야기를 나눴다.

함께 산에 누워 별을 보고, 도란도란 모여앉아 바비큐 파티도 하고, 낚시도 하고,, 가끔 여행도 다니며 소소하고 별다를 바 없는 평범한 삶을 보내는 것이다.

그렇게 함께 늙어감에도 서로 의지하고 어깨를 맞댄 채 웃을 수 있는 그런 나날이 계속되어 가길 바랐다.

하지만 환상은 계속되지 않았다. 얼마 안 있어 다시금 현실로 돌아왔다.

'라이라.'

그러자 바로 반대편에서 라이라가 묘하게 상기된 표정을 짓고선 나를 바라보는 중이었다.

내가 본 환상은 최종적인 나의 '꿈'이었다.

그럼 라이라는 환상을 통해 무엇을 보았을까?

"정말…… 로드이십니까?"

라이라가 굳은 입을 떼었다. 도저히 믿기지 않는다는 목소리로.

동시에 나는 깨달았다. 그녀는 꿈을 꾸지 않았다.

단지.

"저는 알 수 없는 삶입니다. 감히 상상조차 안 해본…… 제가 태어나고 자란 곳은 바로 이 심연이었기에."

그녀와 나는 '연결'되어 있었다.

내가 꾸는 꿈을, 라이라 역시 보고 느끼며 동화되었던 것이다.

에기르의 권능은 그런 것이었다. 원하는 것을 보여주고, 원하는 이와 연결시켜 주며, 감춰진 진실을 드러내는 아주 무서운 힘.

그제야 나 역시 알 것 같았다. 이 느낌은 이그닐과 이타콰가 태어났을 직후와 비슷하다. 녀석들이 내 영혼과 깊게 '연결'되며 나는 녀석들을, 녀석들은 나를 비로소 받아들이게 되었다.

"두려운가?"

하여 나도 무겁게 입을 열었다.

미지는 공포다. 알 수 없는 것만큼 두려운 게 없다. 지금 라이라가 그렇다. 내가 본 지구에서의 삶. 내가 원하는 그런 삶은 그녀가 여태껏 단 한 번도 접하지 못해본 것이었다.

"그 삶은 분명히 인간들의 것이었습니다. 하지만 로드께선 이곳 심연의 왕이십니다. 오롯이 존재하며 모든 존재를 좌시할 수 있는 그런 자가 바로 우리엘 디아블로입니다."

라이라는 두려움에 대한 대답을 하지 않았다.

그녀는 지금 오한성과 우리엘을 전혀 다르게 생각하고 있었다.

하지만, 지금의 나는 '다르다'고 할 수 있는 정도를 벗어났다.

동화율이 올라갈수록 나는 우리엘 그 자체가 되어가고 있었다. 그의 기억, 그의 감정, 그의 모든 것을 파악하고 알게 되었다.

동시에 오한성의 자아 또한 지켜가는 중이었다.

이를 그저 다르다고만 할 수 있을까?

"나는 나다. 마족으로서의, 데몬로드로서의 나와 인간으로서의 나는 다르지 않다."

"하지만, 지금 본 것은 단순한 아바타라고 할 수 있는 것이……."

"내가 거짓을 말하는 것 같은가?"

라이라의 손을 붙잡고 내 가슴에 대었다.

지금 그녀는 나와 연결되어 있다. 이그닐과 이타콰와 마찬가지로.

내가 하는 말의 진위, 감정을 모두 느낄 수 있을 터였다.

지금의 나는 진실만을 말하고 있었다.

그녀의 눈에 비친 나는 오한성이 되었다가 우리엘 디아블로가 되기를 반복하는 중이었다.

그리고…… 그 순간 내 안에 잠든 '가시'가 발동되었다.

'본래는 그녀의 것이었지.'

태을무극심법으로 인해 새로이 자라난 가시가 내 가슴을 비집고 튀어나왔다. 이윽고 그 가시가 다시 원래의 주인인 라이라에게 돌아갔다.

본래는 죽음밖에 몰랐던 가시다. 하지만 지금은 꽃을 피우고 희망 그 자체가 되었다.

라이라의 몸에 흡수된 가시는 그 순간 '빛'을 일으켰다.

빛.

광명이라고 해야 할까.

"가시가……!"

그녀가 눈을 크게 떴다.

견고한 벽도 작은 구멍 하나로 무너지는 법이다.

그녀의 가시는 '죽음'이라는 절대 명제 하나만을 가지고 있었다.

하지만 돌연변이라 할 수 있을 정도로 전혀 다른 종류의 가시가 들어서자 변화를 일으키기 시작했다.

이그닐의 가호와 나의 힘, 더불어 내가 포식했던 것의 모든 성분이 가시에도 함유되어 있었다. 내 생명 그 자체에 뿌리박힌 가시였던 탓이다.

쩌적. 쩌어억!

라이라의 날개가 균열을 일으켰다.

용마족의 상징이라 할 수 있는 두 개의 날개가 균열을 일으키며 갈라지더니, 그 사이에서 순백의 깃털이 하나둘 모습을 드러내기 시작했다.

기적과 같은 광경이었다. 나도 내 눈을 믿을 수 없었다.

'라이라에게 감춰졌던 힘!'

하지만 그 정체를 알게 된 순간 절로 고개를 끄덕였다.

라이라는 단순한 마족이 아니다.

아홉 번째 발키리, 엘레나의 피를 이은 고귀한 존재였다.

그 피가 드디어 발현된 것이다.

과거에도 나타난 적 없었던 피가 나의 가시로 인해 반응하고 깨어나고 있었다.

'발키리…….'

이윽고 나타난 한 쌍의 날개는 눈이 부실만큼 아름다웠다.

전보다 더욱 커진 날개가 양쪽으로 솟구쳤다.

진정으로 신성한 게 있다면 바로 그녀일 것이다. 단 한 번도 보지 못했던 천족이 지금 내 눈앞에 있었다.

['라이라 디아블로'의 피에 잠재되어 있던 반신 발키리의 힘이 각성합니다.]

[제한된 힘이 풀리고 아홉 번째 발키리의 권능이었던 '믿음'이 부여됩니다.]

[믿음의 권능은, 연결된 대상과의 신뢰에 따라 더욱 강력한 힘을 발휘하는 권능입니다.]

[본연의 힘이 각성하며 모든 스킬에 변화가 생깁니다.]

격변이었다.

라이라는 껍질을 벗고 나비가 되었다.

침을 꿀꺽 삼켰다.

이어 심안을 열자 더욱 상세한 정보가 내 눈앞에 펼쳐졌다.

[정보가 갱신됩니다.]

이름: 라이라 디아블로(value-630,000)

직업: 가시의 여왕

칭호:

- 발키리어(10Lv, 마력+20)
- 학살자(8Lv, 힘+10)
- 전장의 지배자(7Lv, 모든 능력치+4)

능력치:

힘 110(96+14) 민첩 95(91+4) 체력 95(91+4)

지능 94(90+4) 마력 114(90+24)

잠재력 (458+50/510)

스킬: 믿음(無), 천상의 날개(10Lv), 광명의 깃털(9Lv), 정절(8Lv), 싸우는 처녀(8Lv)

[전후 비교]

힘 104 민첩 87 체력 88 지능 90 마력 105 잠재력(431+43/495)

힘 110 민첩 95 체력 95 지능 94 마력 114 잠재력(458+50/510)

한계 돌파.

잠재력 한계치의 최대치인 500을 넘어서는 걸 우리는 '한계 돌파'라고 말했다.

하지만 인류 역사상 그런 사람은 존재하지 않았고, 이곳 심연에서도 데몬로드 외엔 있을 수 없었던 일이었다.

뿐만인가.

모든 능력치가 고르게 상승했다. 보조 능력치까지 합치면 단순 능력치의 총합도 500을 넘어서 버린 것이다.

스킬 역시 변화하고, 더욱 강력해졌다.

단순히 나비가 된 줄 알았으나, 이제 보니 나비도 아니었다.

'천공의 지배자.'

그 자체가 되어버린 것이다.

"아!"

그녀가 탄성을 내질렀다.

갑작스러운 변화. 하지만 그 힘이 본래 자신의 것이었다는 걸 깨달은 듯했다.

하지만 그 변화는 나에게서 시작됐다. 내가 건넨 '가시'가 변화의 촉매가 되었다는 것 또한 라이라는 알고 있었다.

그래서 더욱 어지러웠다.

"이게 대체……!"

"너의 모친, 엘레나의 선물이다."

나는 비로소 깨달았다.

지금이야말로 감춰두었던 '진실'을 말해야 할 때임을.

우리엘 디아블로는 끝까지 감췄다. 결코 라이라가 그녀의 모친인 엘레나에 대해 알기를 원하지 않았다.

하지만 나는 그러지 않을 것이다.

지금 말하지 않으면, 다시 이런 기회가 없을지도 모른다.

"엘레나…… 라니요?"

"듣고 싶느냐?"

무거운 분위기. 하지만 라이라는 고개를 끄덕여 보였다.

"……예."

나는 천천히, 우리엘이 나에게 보여줬던 기억들을 끄집어 내었다.

"그녀는 심연에 붙잡힌 발키리였다. 내가 그녀를 보았을 때, 이미 그녀는 임신을 한 상태였지."

본래 우리엘은 엘레나의 수발을 맡았다. 그런 그를 엘레나는 믿어주었고, 자신의 아이였던 라이라를 우리엘에게 맡긴 뒤 숨을 거뒀다.

그 뒤로 우리엘은 도망쳤다. 태양왕이 발키리의 자식인 라이라를 원했으므로. 오로지 라이라를 지키기 위함이었다.

이후 자신과 피가 이어지지 않았음에도 진짜 자식처럼 키웠다.

그가 100년간 잠든 채로 수많은 미래를 보고, 나를 선택한 것 역시 '라이라'를 지키기 위해서다. 그 맹목적인 헌신에 나는 혀를 내둘렀다.

하지만 라이라는 모른다. 어쩌면 어렴풋이 느끼고 있었을지도 모르지만, 진실에는 근접하지 못했을 것이다.

"아……."

내 이야기가 진행될수록 라이라의 표정은 시시각각 변해갔다.

이 세상에서 오직 우리엘만 알았던 이야기.

그저 오한성이었다면 몰랐을 그런 이야기들.

그녀는 내가 말하는 모든 것이 거짓이 아님을 안다. 적어도 이곳에서 우리는 누구보다 긴밀하게 연결되어 있었으니!

"그녀는 너를 지키길 원했다. 나 역시 그럴 생각이다."

진실을 들은 라이라의 표정은 침체되어 있었다.

하지만 그럼에도 침착했다. 이윽고 라이라가 내게 눈을 돌렸다.

"저는 그저 지켜지고 싶지 않습니다."

새로이 각성한 라이라는 발키리어가 되었다.

싸우는 처녀. 그녀는 결코 약하지 않았다.

침체된 표정마저 이내 벗어던진 라이라가 나를 똑바로 주시했다.

"이게 진정한 저라면, 방금 제가 보았던 로드의 꿈 역시 진정한 모습이겠지요. ……그렇게 믿도록 하겠습니다."

['믿음' 이 발현되었습니다.]

[그녀의 강한 '믿음' 은 힘 그 자체입니다. 선성향이 영구적으로 5 상승하고, 마력의 안정화가 시작됩니다.]

['멸제' 의 마력 9.8%를 녹여내는 데 성공했습니다.]

[순수마력이 3 상승합니다.]

[가장 낮은 순수 능력치(지능)가 3 상승합니다.]

그녀의 믿음은 곧 힘으로 발현되었다.

가장 낮은 것을 끌어올리고, 내 존재 자체를 확립하는 힘.

그것이 발키리어의 권능인 '믿음'이었다.

'우리엘이 아닌 내 능력치가 올랐다는 건…… 이 몸 역시 우리엘과 다르지 않다고 조금은 인정해 준 것인가?'

변화와 믿음. 그 사이에서 그녀가 나를 인정했고, 인정한 순간 우리는 진정한 유대를 이뤄 '연결'될 수 있었다.

그렇게 연회는 종료되었다.

에기르, 요르문간드, 그리고 각성한 라이라.

이 셋은 내 비장의 무기가 되었다. 어려운 상황을 단번에 뒤집을 일발역전의 카드.

변화는 그뿐만이 아니었다.

멸제의 카르페디엠이 죽었다는 소문이 심연 전역에 퍼져나갔고, 우리엘 디아블로의 이름도 모두에게 각인되었다.

그러자 내 영지를 찾는 괴수들이 하루가 다르게 많아졌다.

"우리엘 디아블로시여! 저희 부족을 받아주시옵소서."

"진정한 왕을 따르고 싶습니다."

"별의 인도자시여!"

나는 우리엘의 몸으로 그들을 맞이했다.

부족을 이끌고 온 붉은 오크의 로드, 서리산의 자이언트 트롤, 그리고 흑마법사 등이 합류하기 시작했다.

나는 심안을 열고 까다롭게 심사하여 그들을 골라냈다.

하루가 다르게 영지의 군세는 불어갔고, 보름 정도가 지났을 때 한 검은 기사의 무리가 영지를 찾아왔다.

"아아, 깨어나셨군요!!"

50기의 다크나이트였다. 데스나이트보단 급이 한 단계 낮지만 결코 무시할 수 없는 무시무시한 괴수. 게다가 데스나이트와 다르게 다크나이트는 성장이 가능했다.

그리고 지금 나를 찾아온 다크나이트들은 어지간한 데스나이트급으로 성장을 끝마친 상태였다. 감히 누구라도 탐을 낼만 한 재목인 것이다.

하지만…….

'배신자들.'

나는 안다.

라이라의 기억을 통해, 우리엘의 기억을 통해 이들을 보았다.

우리엘에게 영원한 충성을 맹세했으나 그들은 영지를 떠났다. 깨어나지 않는 왕을 수호할 순 없다는 이유였다.

그리고 아마도, 왕을 배신한 이들을 받아줄 곳은 여태껏 없었을 것이다. 용병으로서 전전하다가 승리의 소식을 듣고 찾아온 것이겠지.

승냥이들과 다를 게 없다.

"로드시여, 기다리고 또 기다렸습니다. 오로지 이날만을! 저희를 사용해 주십시오. 가장 앞에서 적들을 베겠습니다."

다크나이트들이 무릎을 꿇었다.

기가 찼다. 내가 모를 거라고 생각을 하고 있는 걸까?

하지만 그저 돌려보내기에 아쉽긴 하였다.

'교육을 시켜야겠군.'

하지만 말 안 듣는 개도 강도 높은 철저한 교육을 통해 새로 태어날 수 있었다.

정 안 되면 던전으로 보내 경험치로 만들면 그만이었고.

안 그래도 성장을 위한 적수가 부족하던 참이었다.

나는 스산한 미소를 지어 보였다.

36장
몬스터 콜

'무엇보다.'

저들이 정말로 나를 따르기로 했다면, 그럴 마음이 있었다면 '지배자'가 발동되었을 것이다.

하지만 아무런 문구조차 떠오르지 않는 걸 보면 역시나 진정으로 나를 따를 마음은 없다는 뜻.

한마디로 가식이고, 빈대를 붙겠다는 의미다.

또는 누군가에게 첩자로 고용이 되었을 수도 있었다.

'모든 가능성을 열어둔다.'

생각을 정리하고 다크나이트들을 바라봤다. 겉으로 보기에 그들은 정말 감탄이 나올 정도로 충직했다. 절도 있는 동작으로 자신들을 받아주라는 적극적인 태도를 취하고 있었으니.

"한 번 떠난 자들을 다시 받아 달라?"

"로드께서 이곳에 잠들어 계시는 동안, 저희는 외부를 전전하며 위험의 싹들을 잘라냈나이다. 로드의 이름에 먹칠을 했던 과거 동료의 목을 쳐내고, 성내의 물건들을 훔쳐 판 도둑을 철저하게 응징했습니다. 바로 이게 그 증거입니다."

뎅구르르르.

리치의 머리 하나가 굴러왔다.

리치는 상위의 괴물이지만 다크나이트 수십을 감당할 순 없다. 얼마나 처참하게 당했는지 입가가 비명을 지르는 것 같았다.

또한 커다란 주머니도 내어왔다.

안에는 반짝이는 보석들이 잠들어 있었다.

"부디 저희의 검을 받아주시길 간곡히 청합니다. 저희는 로드를 위해 이 몸을 던질 준비가 되어 있습니다."

말은 잘한다.

얼핏 들으면 헌신을 위해 성을 떠났다고 해도 믿겠다.

하지만, 아니라는 걸 안다.

이제 막 이름을 떨치기 시작한 나에게 빈대를 붙어서 이득을 보겠다는 것이다.

'라이라…… 얼굴조차 보기 싫다는 거겠지.'

다크나이트들의 출현에 라이라는 모습을 드러내지 않았다. 본래 그녀의 성격이었다면 저들을 몇 번은 도륙해도 이상할 게 없다.

하지만 내게 선택권을 넘겼다. 저들을 내가 다시 기용하겠다면, 힘들겠지만 인정하겠다는 의미였다. 물론 그 내면에는 다크나이트들을 꼴도 보기 싫다는 마음이 잠재되어 있기는 하겠지만.

나는 깍지를 꼈다.

그리고 오연히 그들을 내려다보았다.

“좋다. 하지만 바로 받아들이진 않겠다. 너희의 충성심을 시험해 보마.”

“아……! 물론입니다. 저희는 준비가 되어 있습니다.”

“그거 잘됐군.”

손가락을 뻗었다.

영지 외곽에 존재하는 숲.

그곳을 보며 말했다.

“슬라임을 산 채로 잡아오라.”

야차들은 신이 났다.

"들었어? 드디어 이 지긋지긋한 짓을 안 해도 된다는군."

"휴! 난 꿈에서도 슬라임을 볼 지경이었는데."

"이게 진짜 잡일이지. 우리가 잡부도 아니고 말이야."

드디어 이 지긋지긋한 채집을 그만둘 수 있게 되었다.

하기야 슬라임 채집 외에도 꽤 많은 공을 올린 야차였다. 언제까지 잡부로 남을 수는 없는 노릇.

대신 야차들은 '던전의 관리'라는 제법 있어 보이는 직책을 맡게 됐다.

"구화랑 대주님, 이제 제1수호자님이라고 불러야 하는 겁니까?"

"축하드립니다! 크흐흐, 살다 보니 이런 날도 다 오는군요."

"성 같은 큰 집도 지어준다면서요?"

야차들이 구화랑을 중심에 두고 박수를 치기 시작했다.

제1수호자!

이름만 들어도 있어 보이는 직책이다. 실제로 던전과 심연이 이어지는 10층을 관리하는 매우 중요한 이름이었다.

하지만 정작 구화랑은 쉽게 웃질 못했다.

"녀석들아, 지위만큼 책임도 덩달아 올라간 거 아니냐. 잘못하면 이제 목을 자르겠다는 뜻이잖아……."

얼마 전 라이라 앞에서 기절한 오한성을 바라보며 욕을 내뱉은 바가 있었다. 후에 사과하긴 했지만 계속해서 마음이 걸렸다.

설마 이런 식으로 복수하겠다는 뜻일까?

구화랑이 울상을 지었다.

그때, 다크나이트들이 다가왔다.

50기의 다크나이트는 전신에 검은 갑주를 착용한 상태여서 표정 따위를 볼 수가 없었다. 그러나 엄청난 아우라를 뿜어내고 주변을 압도했다.

하지만 야차들은 아랑곳하지 않았다.

이들이다.

자신을 대신해 슬라임을 채집해 줄 은혜로운 자들이!

툭툭!

다크나이트의 어깨를 두드리며 등에 지고 있던 거대한 바구니를 넘겼다.

"거, 고생 좀 하라구."

"슬라임이 예민해서 잘못 잡으면 그대로 죽어. 내 새끼 다루듯 살살, 알았지?"

"우리처럼 열심히 하면 너희도 금방 중요한 자리에 기용될 거야. 진짜 죽도록 열심히 해야겠지만 말이야. 하하하!"

떠나는 김에 덕담도 한마디씩 남겨주는 걸 잊지 않았다.

야차들은 다크나이트를 두려워하지 않았다.

애당초 그들은 두려움이란 단어를 잘 모른다. 전사들. 지배자의 힘마저 통하지 않는 불굴의 전사가 바로 야차였으니.

쿵–!

빠직!

야차들이 자리를 벗어나자 가장 앞에 선 다크나이트가 옆에 있는 커다란 나무를 주먹으로 때렸다. 그러자 나무가 크게 흔들리며 옆으로 쓰러졌다.

"보잘것없는 놈들이 입은 잘 터는군."

"예프롬 대장님, 참으셔야 합니다. 이제 더 이상 용병이 아니지 않습니까?"

"이제 품위를 알고 명예를 아는 기사 본연의 모습으로 돌아갈 필요가 있습니다."

오랜 시간 용병 일을 하느라 다소 편협해지고 거칠어진 면이 있었다.

주변의 다크나이트들이 그, 예프롬을 말렸다.

이내 손을 턴 예프롬 화를 참고 고개를 끄덕였다.

"안다. 그러니 더욱 모욕을 참을 수 없는 것이다. 그래도 지금은 해야 할 일이 있으니…… 저놈들은 나중에 손을 봐주기로 하지."

예프롬은 건네받은 망을 바라봤다.

망 안에는 이미 잡은 슬라임이 꾸물대며 바닥을 기는 중이었다.

천하의 다크나이트가 슬라임이나 잡고 있다니.

기가 찰 노릇이지만…….

"로드께서도 언제까지 이런 잡일이나 시키진 않을 것이다. 아마도 인내심을 시험하려는 거겠지."

"맞습니다."

"우리를 탐내던 모든 이를 떨쳐 내고 이곳으로 찾아오지 않았습니까? 로드께서도 저희의 마음을 알아줄 겁니다."

그들은 머릿속으로 행복 회로를 그렸다.

그러곤 이내 망을 둘러멘 뒤 숲속에서 슬라임 잡기를 시작했다.

십 일이 지났다.

하지만 그들을 찾는, 기다리던 소식은 없었다.

"참자. 참는 자에게 달콤한 보상이 내려지는 법."

아직은 인내할 수 있는 수준이었다.

슬라임을 잡는 것도 조금씩 익숙해져 가고 있었다.

그리고 이십 일.

"적어도 30일은 채워야 우리의 인내를 보였다고 할 수 있지 않겠는가?"

하지만 30일째에도 감감무소식이었다.

그제야 예프롬을 비롯한 다크나이트들도 뭔가가 이상함을

느꼈다.

"……왜 우리를 찾지 않는 거지?"

"설마 까먹은 거 아닙니까?"

"있을 수 없는 일이다. 우리의 전력이면 능히 작은 도시 하나쯤은 쓸어버릴 수 있건만."

그들은 나름의 자부심으로 똘똘 뭉쳐 있었다.

소규모 도시 하나를 단번에 쓸어버릴 수 있는 전력을 그저 슬라임만 잡도록 두는 건 크나큰 낭비다. 우리엘 디아블로가 그렇게까지 멍청하진 않으리라 보았다.

하지만 그들은 몰랐다.

설마가 다크나이트를 잡는다는 걸.

전령이 찾아왔다.

제로. 네 개의 파벌 중 하나를 다스리는 존재. 본래 멸제의 카르페디엠을 휘하에 두고 있던 그 막강한 존재가 내게 전령을 보낸 것이다.

나는 긴장했다. 그가 만약 나를 적으로 규정하고 몰아친다면 버텨낼 재간이 없었다. 설마 이렇게 빠른 시기에 전령을 보낼 줄이야.

하지만 전령이 내게 전한 내용은 완전 의외의 것이었다.

-우리엘 디아블로는 내 휘하에 들어오라.

최초의 데몬로드 살해자.

부하를 죽인 나를 반대로 영입할 생각을 한 것이다.

나는 작게 감탄했다.

나를 적대하여 쓸어버리는 것보다 영입하여 얻는 이득이 더 크다고 판단한 것이겠지만, 데몬로드란 존재는 매우 이기적이고 자존심이 강한 생물이다.

자신의 부하를 죽였다면 당연히 갚아줘야 한다. 자존심에 살고 자존심에 죽는 게 데몬로드라는 인식을 제로가 깨버린 셈이다.

'하지만 그럴 순 없다.'

제로의 휘하에 들어간다는 건 나머지 세 파벌과 적대하겠다는 뜻이다. 물론 제로의 파벌이 가장 크니 그의 밑에 들어가도 당장 공격을 받진 않겠지만, 크게 보아야 한다.

일단 휘하로 들어가거든 내 능력과 내 모든 것에 대한 검증이 시작될 게 자명하다. 나로선 그다지 반갑지 않은 일이다.

'드러나면 안 될 힘이 너무 많다.'

내 능력은 당연하고 에기르, 요르문간드는 특히 숨겨야 한다. 아직은 그들이 등장할 때가 아니었다.

라이라도 최대한 모습을 감추고 있는 상황이었다.

그녀가 반신 발키리의 힘을 각성했다는 이야기가 퍼지는 걸 지연시키기 위해서다.

'문제는 내가 반대했을 경우.'

제로가 가만히 있을까?

나는 그의 성격을 모른다. 경매장에서 잠시 본 바, 나로선 도저히 판단을 내릴 수가 없었다.

그러니 일단 판단을 보류했다.

이런저런 핑계를 대가며 최대한 시간을 끌어봐야겠다.

지금은 외실을 다지기보단 내실을 다질 때였으므로.

"로드시여, 오랜만입니다."

"크리퀴."

암흑인 크리퀴. 내가 지배하여 상회의 이면에서 나를 돕도록 배치해 둔 바가 있었다. 절대지배 상회가 만들어지고 한동안 모습이 뜸하더니 갑작스럽게 찾아온 것이다.

은색의 투구 위에 두 개의 보석이 박혀 있었다.

"남작으로 승진했군."

"예, 덕분입니다."

크리퀴가 웃었다.

준남작에서 남작이 되었다는 건 그 권한도 늘었다는 뜻이다. 크리퀴가 승급하여 암흑상회에서 힘을 거머쥘수록 나는 더 많은 정보를 얻을 수 있다.

예상대로 크리퀴가 이윽고 진중하게 말했다.

"찾아온 이유는 앞으로 있을 '침략' 때문입니다."

"직접 언질을 해야 할 만큼 중요한 일인가?"

"예."

"말해보라."

크리퀴는 장난을 치는 법이 없다.

경매에 대한 정보, 암흑 상회를 만들고 투자를 받아내는 솜씨도 일품이었다.

기대하며 바라보자 크리퀴가 말했다.

"'별들의 전쟁'에서 로드께서 멸제의 카르페디엠을 죽이자, 암흑 상회에서도 큰 파장이 생겼습니다. 예상보다 빠르게 전쟁이 진행되어 상회 역시 다급해진 것이지요."

이곳의 모든 건 유기적이다.

내가 하나를 하면 그 여파가 둘이 아닌 십, 백이 되어 찾아온다.

그나저나 나로 인해 암흑상회가 움직이고 있다?

크리퀴가 이어서 말했다.

"저희 암흑인은 '별들의 전쟁' 속도에 맞춰 균열을 넓히는 역할 또한 맡고 있습니다. '위대한 별'이 마지막 장소로 시기에 맞게 이동할 수 있게끔 하는 것이지요."

들은 바가 있었다.

전쟁이 막바지에 이르면 데몬로드들은 지구로 장소를 옮기고, 그곳에 위대한 별을 강림시켜 마지막 전투를 치른다.

"하나 그 속도를 맞추고자 무리하게 침략을 이어간 결과 '균열'을 크게 깨버리고 말았습니다. '균열석' 중 하나가 하필이면 지구로 떨어진 겁니다."

"……무슨 일이 생기는 거지?"

"심연과 지구의 심연이 동기화됩니다. '문'이 더욱 빠르게 열리고 '위대한 별'의 나머지를 채워 넣을 지구의 '각성자'가 무던히 죽어 나가겠지요."

이맛살을 구겼다.

심연에서의 2분은 지구에서의 1분이다.

그 시간이 맞춰진다면, 모든 '문'이 두 배 더 빠르게 열린다는 뜻일까?

허.

복병이었다. 전혀 상상도 못 한 일이 벌어진 것이다.

"그게 전부는 아닐 듯한데."

"맞습니다. 균열석은 힘 그 자체입니다. 균열석을 갖게 된 괴물, 혹은 무언가는 엄청난 괴물로 거듭날 것입니다. 하나…… 저희 암흑인은 아직 지구에 손을 댈 권한이 없지요. 그 균열석을 로드께서 몰래 취하실 수만 있다면, 날개를 단 격이 될 것입니다."

"이 정보를 누가 알지?"

"머지않아 정보가 있는 데몬로드들도 알아차리고 '암흑문'을 통해 괴물들을 내보내겠지요."

타악!

의자를 내려쳤다.

제로의 의사를 어떻게 거절할지도 고민인데, 또 다른 중요한 문제가 생겼다.

'그나마 다행인 점이라면 암흑문을 통해 내보낼 수 있는 괴물에 제한이 있다는 것.'

5레벨. 균열석이 떨어진 지금이라면 그 제한이 조금 더 풀렸을 수도 있지만 그래도 한계가 있을 것이었다.

하나 나는 세계수의 문을 통해, 이그닐을 통해 더 강력한 것들을 옮길 수가 있었다.

단순한 비교 우위에선 내가 앞서고 있는 것이다.

'내가 해결해야 한다.'

내심 혀를 차고 고개를 절레절레 저었다.

균열석을 회수하고 문을 닫는 게 나의 역할인 듯싶었다.

쿠르르릉!

지면이 솟아났다.

검은색 '문'이 열리며 수많은 괴물이 출현하기 시작했다.

뿐만이 아니다.

각종 보라색의 '문'들도 함께 열렸다. 정해진 시간에 열리는 문들이 어떤 이유에선지 하나둘 열리고 있는 것이다.

세계 전역에서 비상이 걸렸다.

범접 불가의 괴물은 없었으나 그 숫자가 여태껏 등장한 괴물들에 비해 말이 안 될 정도였다. 동시다발적으로 수천, 수만에 달하는 괴물이 유입된 것이다.

"아아악!"

"사, 살려줘!!"

한국도 마찬가지였다.

그나마 다른 점은 '아포칼립스' 길드가 있다는 것.

"안심하십시오! 아포칼립스 길드입니다!"

"저희를 따라오세요!"

"괴물들과 멀어져야 합니다!"

아포칼립스 길드의 모든 인원이 동원되어 한국에 출현한 괴물들을 구제하기 시작했다.

하지만, 아포칼립스를 지휘하는 김민식은 도저히 얼굴을 펼 수가 없었다.

'미래가 바뀌었다.'

하물며 이런 미래는 본 적도 없다.

과거에도 경험하지 못한 일이었다.

왜 바뀐 거지? 어째서 문이 열리고 괴물들이 출현했단 말인가.

혹시 지혜의 나무를 심고 엘프들과 교류하기 시작한 게 원인일까?

'아니.'

아니다. 그런 것치곤 너무 광범위하다.

당황했다. 이유를 모르니 그럴 수밖에 없었다.

'대체 무슨 일이 벌어지고 있는 거지?'

손이 떨렸다. 식은땀이 나고 머리가 어지러웠다.

범위를 벗어난 일이다.

모든 걸 조종할 수 있다고 생각했지만 이번 일은 논외였다.

전혀 예상하지 못한 세계적인 현상을 앞에 두고, 그는 크게 긴장하고 있었다.

공영방송 프로그램 중 '오늘의 각성자!'라는 이름의 채널에 유서희가 게스트로 초청된 이후 시청률이 10% 이상 급증하는 기적과 함께 그녀는 모든 방송파의 러브콜을 받게 됐다.

어린 나이, 천사같이 귀여운 외모와 시원스러운 입담은 유서희를 '국민요정'으로 만들어 놓기에 충분했던 것이다.

"오늘의 주제는 요즘 급부상하고 있는 길드, '바람의 노래'에 관해서인데요. 특별히 모셨습니다. 국민요정으로 세간이 떠들썩하죠? 바람의 길드를 책임지고 있는 유서희 양!"

짝짝짝짝!

MC와 게스트, 방청객 모두가 열렬하게 박수를 보냈다.

오후 10시. 보통이라면 가장 핫한 드라마가 방영되어야 할 시간이지만 특별 편성된 '초인시대'가 그 자리를 빼앗았다.

생방송으로 진행되는 금주의 가장 뜨거운 감자인 '초인'을 소개하며 그들과 함께 입담을 나누는 시간으로, 평균 시청률만 15%를 달하는, 말 그대로 '효자 프로그램'이 되었다.

그리고 무려 세 달의 러브콜 끝에 유서희가 이 자리에 초대된 것이다.

"와~ 진짜 예쁘네요. 국민요정이라는 말이 무색할 정도입니다!"

하늘거리는 원피스를 입고 등장한 그녀를 직접 목격한 사람들이 감탄을 자아냈다.

이보다 더 깜찍할 수가 있을까? 정말 요정이 내려온 듯했다.

"감사합니다."

안내된 자리에 앉은 유서희가 가식적인 미소를 흘려보냈다.

"카메라, 계속 유서희 양만 찍을 거예요? 저도 진행해야 할 거 아닙니까."

유서희를 비추던 카메라가 급히 MC에게 돌려졌다. 주변이 한바탕 웃음바다가 되었고, MC는 능숙하게 어깨를 으쓱하며 진행을 계속했다.

"유서희 양, 많은 분이 오늘 이 자리를 기다렸는데요. 모두 아시겠지만 간단하게 자기소개 해주시겠어요?"

"안녕하세요. 유서희입니다. 나이는 열다섯이고요, 바람의 노래 길드의 마스터 자리를 맡고 있습니다."

"이야, 방송이 많이 익숙해지셨나 보네요. 카메라 보고 말 잘하네!"

"처음에는 사람 보고 말했다가 혼났어요."

최대한 귀엽게 유서희가 배시시 웃어 보였다.

'작은 악마'라고 불리는 유서희의 이런 모습을 주변인들이 봤다면 혀부터 내두르겠지만 이곳은 방송이었다. 그리고 유서희는 이미지 메이킹에 강했다.

"그럼 더 부드럽게 진행할 수 있겠군요. 하지만 '초인시대'

에 발을 들인 이상 피해갈 수 없습니다. 시작해 볼까요? '세 개의 질문!' 코너입니다!"

샤라라~

부드러운 노랫소리와 함께 거대한 화면 위에 촛불과 저울이 모습을 드러냈다.

'세 개의 질문'이라는 이름으로 불리는 이 코너는 초대된 초인의 의혹이나 이야기를 묻는 시간이었다.

유서희가 주먹을 불끈 쥐었다.

"열심히 해보겠습니다."

"좋습니다. 그럼 첫 번째 질문입니다. 유서희 양은 나이로 따지면 이제 고작 중학생 정도인데, 괴물들을 상대하는 게 무섭지 않나요? 너무 어린 초인들이 괴물과 싸우는 걸 금지하자는 소리가 여러 곳에서 들리고 있는데요."

"무섭죠. 하지만 어리다고 안 되는 건 없다고 생각해요. 힘을 악용하면 문제가 되겠지만, 저는 이 힘을 제 주변 사람들과 모든 분을 지키기 위해 사용하거든요."

"오, 그럼 무서운데도 사람들을 지키기 위해 무기를 든다?"

"맞아요."

"감동스럽군요. 그럼 두 번째 질문입니다. 최근 괴물들이 곳곳에 출현하기 시작하고 혼란이 과중되고 있습니다. 그나마 아포칼립스 길드와 바람의 노래 길드의 빠른 대처 덕분에 한국만은 그 상황에서 어느 정도 자유롭다 하지만, 어디서 튀어나올지 모르는 괴물 탓에 모두가 가슴을 졸이고 있는데요. 바람의 노래 길드는 어떠한 해결 방책을 가지고 있나요?"

엄밀히 따져 보면 하나의 길드에게 물을 만한 질문은 아니었다. 요즘에는 군대에서도 초인부대를 운용하는 등의 모습을 보인다지만 단순한 '빠른 대처'에선 민간의 길드를 따라올 수가 없었다.

덕분에 요즘엔 군대보다 길드가 더 믿을 만하다는 소리까지 나오고 있으니 이러한 질문이 튀어나온 것이었다.

유서희는 눈에 힘을 꽉 주고 말했다.

"먼저…… '문'을 발견하면 즉시 통합 길드 홈페이지에 신고하세요. 최대한 '문'에 다가가지 마시고, 괴물이 출현하면 최대한 집에서 나오지 마세요. 집에서 나와 도망가면 오히려 괴물들이 먹이로 생각할 수가 있습니다."

유서희가 앙증맞은 입술을 꽉 깨물며 이어서 입을 열었다.

"저희 '바람의 노래' 길드는 출현시간이 얼마 남지 않은 '보라색 문'을 중심으로 길드원을 전개하고 있어요. 최근 갑자기 생겨난 '검은색 문'들에 대한 대처는 아포칼립스 길드보다 떨어지지만, 대신 민간의 보호를 최우선하여 움직이고 있답니다."

"믿음직합니다. 국민요정이 아니라 국민보호자라 불러야겠군요."

"별말씀을요."

"벌써 마지막 질문입니다."

"긴장되네요."

"하하, 이번엔 좀 긴장해야 할 질문입니다. 혹시 첫사랑이 누구인가요?"

"처, 첫사랑이요?"

"최근 국민요정으로 급부상한 유서희 양에 대한 관심이 나날이 커지고 있어서요. 묻지 않을 수가 없습니다."

"음……."

유서희가 망설이며 고민했다.

그 모습마저 너무나도 사랑스러웠는지라, 모두가 황홀한 눈빛으로 유서희를 바라보고 있었다.

'귀엽다!'

모두의 머릿속에 떠오른 세 글자다.

사람이 어떻게 저렇게 귀여울 수가 있을까?

생김새만이 아닌 행동 하나하나에 귀여움이 듬뿍 묻어났다.

어리고 가녀린 저런 소녀가 어떻게 산만 한 괴물들을 도륙하는지 알다가도 모를 일이었다.

"선생님이에요."

"선생님? 초등학교나 중학교 선생님을 말하는 건가요?"

"비슷해요."

유서희가 방긋 웃어 보였다.

저마다 자기도 모르게 심장을 쥘 정도의 폭력성이 그 미소엔 담겨 있었다.

"그렇군요. 하지만 스승과 제자의 사이는 이루어지기 힘들다는 게 정설인데요."

"전 그렇게 생각 안 해요."

"오…… 유서희 양, 이거 생방송으로 나가고 있다는 건 아시죠?"

"네!"

당돌한 모습에 MC가 잠시 기겁하는 눈초리를 지었다. 제자의 스승 사랑은 누구나 한 번쯤은 겪는 아픔이다. 하지만 유서희는 거기서 한 발자국 나아가 그 금단의 사랑을 쟁취하겠다고 말한 것이다.

"그럼 묻지 않을 수가 없습니다. 유서희 양이 좋아하는 그 선생님이란 분이 누구인지!"

"그건 비밀이에요."

유서희가 코에 손가락을 대고 귀여움을 발산했다.

MC가 훈훈하게 웃어 보였다.

"아~ 아쉽습니다. 하긴 유서희 양이 밝혔다면 그 선생님이란 분에게 저주의 편지가 수백 통씩 갈지도 모르겠네요."

깊이 파고들어 봤자 그렇게 좋은 주제가 아니라는 걸 깨달은 MC가 작게 헛기침을 했다.

"그럼 바로 다음 코너로……."

쿠르르릉!

그 순간이었다.

MC가 막 입을 열려던 순간 건물이 흔들리며 지진이 났다.

콰아앙!

하지만 단순한 지진이 아니었다.

벽이 부서지며 거대한 손이 안쪽을 휘저었다.

두 명이 그 손에 끌려가자 모두가 비명을 지르기 시작했다.

"괴, 괴물이다!"

"어, 어떻게? 이 주변엔 '문'이 없을 텐데?"

"꺄아아아악!"

혼비백산.

정상적인 상황은 아니었다.

방송국 주변은 철저하게 통제되어 있고, '문' 역시 없어서 느닷없이 괴물이 출현할 리 만무했던 것이다.

하지만 저 거대한 '자이언트 고릴라'가 허상의 존재일 리는 없었다.

"아, 씨…… 잘하고 있었는데."

유서희가 똥 씹은 표정을 지었다. 방금의 요정이나 천사와 비견될 만한 앙증맞은 모습은 온데간데없었다.

주우욱!

활동이 편하도록 원피스의 허벅지 부분을 찢고, 허벅지에 덧대어 놓은 단검 한 자루를 쥐었다. 동시에 단검에서 바람이 솟아오르며 유형의 기운을 덧대었다.

완전한 검기라고 할 수는 없지만, 검사로서 그 실력이 매우 출중하다는 방증.

"이번 방송을 위해서 얼마나 많은 준비를 했는데…… 넌…… 죽었어!"

단검으로 자신의 목을 그으며 상대에게 '너는 끝이다'라는 사인을 준 뒤, 유서희가 빠르게 무너진 벽면으로 뛰었다.

이미 경비를 맡고 있던 각성자들이 자이언트 고릴라를 막아서곤 있었지만 역부족이었다. 그 거대한 동체에서 뿜어내는 힘은 그들이 상대할 수 있는 수준을 넘어섰다.

'도감에서 봤어. 6레벨의 괴수랬나?'

6레벨. 능력치 총합 250~300선의 괴물을 뜻한다. 유서희 혼자서는 버겁지만 아주 못해볼 수준도 아니었다.

좌아악!

이윽고 바람의 결로 고릴라의 손을 베어낸 유서희가 몸을 빙그르르 돌렸다.

그 크기만 5m에 다다르는 자이언트 고릴라가 비명을 내지르며 쥐었던 사람들을 손에서 놓았다.

"거기 멍청이 있지 말고 사람 받아요!"

각성자들이 부랴부랴 사람들을 받기 시작했다.

하지만 워낙에 갑작스러운 상황이라 그런지 모두 당황하여 유서희만 쳐다보고 있었다.

이에 화가 머리끝까지 찬 유서희가 버럭 소리를 내질렀다.

"아! 진짜 어리바리하네! 이게 장난으로 보여? 어? 튀라고요! 방해되니까!"

크아아아아!

쾅!

자이언트 고릴라의 몸을 타며 이리저리 움직이던 유서희가 고릴라에게 발목을 잡히고 그대로 벽에 던져졌다.

"쿨럭!"

반쯤 벽에 처박힌 유서희가 각혈을 했다.

그대로 바닥에 추락한 뒤, 겨우 머리를 털고 일어났지만 상태가 좋아 보이진 않았다.

"너~! 진짜 죽었어!"

슈아앙!

입가에 흐르는 피를 닦자 유서희의 등에서 날개가 솟아났다. 인공 날개, '아우리엘의 깃털'이다. 하루에 한 차례 하늘을 날게 해주는 마도구였다.

이어 바닥을 차고 도약한 유서희가 그대로 검을 그었다. 가장 확실하게 숨통을 끊을 수 있는 부위인 목을 노렸지만, 가죽이 생각보다 단단했다.

크아아아아!

그러나 타격이 없는 것도 아니었다. 유서희는 상처를 입은 몸으로도 신묘하게 움직이며 검술을 펼쳤다. 그 모습조차도 아름다워 마치 요정의 검무를 보는 것만 같았다.

크오오오오오-!

자이언트 고릴라의 전신이 새빨갛게 달아올랐다. 유서희가 모든 공격을 피해내자 열을 받은 것이다. 하지만 피부가 달아오르며 자이언트 고릴라의 속도 또한 빨라지기 시작했다.

'아……!'

장장 오 분여의 시간 동안 사투를 벌인 끝에 유서희가 발목을 삐끗하며 자이언트 고릴라에게 붙잡히고 말았다.

처음 사람들을 대피시키느라 방심했던 때에 얻은 타격이 너무 컸다. 몸이 정상적으로 움직였다면 결코 잡히지 않았을 것이다.

꽈드득!

"으으윽!"

각성하여 신체가 강화되었다고 하더라도, 자이언트 고릴라의 악력을 버티긴 힘들었다. 유서희가 이를 악물었다.

"못생긴…… 고릴라……. 이거 안 놔!"

자이언트 고릴라가 유서희를 빤히 바라봤다. 손으로 찌그러뜨려서 숨통을 끊겠다는 의도가 뻔히 보였다.

문제는 유서희 혼자서 지금 상황을 타개할 수 없다는 것.

'이럴 줄 알았으면 김혜윤 언니도 데려오는 건데!'

홍염의 마녀. 김혜윤을 데려왔다면 상황이 반대였을 것이다.

가식적인 모습을 바로 앞에서 보일 자신이 없어서 일부러 혼자 온 게 패착이었다.

방송국을 지키는 각성자라는 놈들도 당황한 탓에 대부분이 도망갔다. 지원이 오려면 앞으로 몇 분은 더 걸릴 것이었다.

'선생님…….'

의식이 흐릿해졌다. 그리고 주마등을 보았다. 부모님과 함께했던 시간, 망령에게 빙의당해 괴로웠던 시간, 그리고 선생님이 나타나 자신을 어두운 우리에서 꺼내준 사건이 떠올랐다.

푹!

스르륵.

자이언트 고릴라의 동공이 크게 확장되었다.

이윽고 자연스럽게 바닥으로 몸을 눕히기 시작했다.

쿵! 소리와 함께 손아귀에서 힘이 빠져나갔고, 유서희는 가까스로 그 자리를 피할 수 있었다.

그리고 보았다.

자이언트 고릴라의 등에 올라타 심장을 정확히 꿰뚫고 있는 검을. 까맣기 그지없는 검을 든 은빛의 기사를!

유서희의 입가에 미소가 번졌다. 반가움에 사무쳐선 목소리를 높였다.

"선생님!"

유서희가 자리에서 일어나 터덜터덜 걸으며 은빛의 기사에게 다가갔다.

이어 입술을 쭉 내민 채 양손을 뻗어 은빛의 기사를 안으려고 하자, 은빛의 기사가 유서희의 이마를 손으로 밀며 행동을 방해했다.

"움직이는 거 보니 멀쩡한 모양이군."

"아니에요. 저 많이 다쳤어요. 흐에엥. 호, 해줘요."

"……가자. 이야기할 게 많으니."

"흥, 짠돌이."

"이타콰."

쿠우우웅!

하늘에서 흰색의 용이 강림했다.

이윽고 은빛의 기사가 백룡의 등에 올라탔다.

그러곤 천천히 유서희를 바라보며 손을 내밀었다.

"……짠돌이라는 말 취소! 완전 멋져요!"

유서희의 눈이 몽환적으로 풀리다가, 급히 정신을 차리곤 기사의 손을 맞잡았다.

펄럭! 펄럭!

백색의 용이 날갯짓을 하자, 거대한 바람이 일며 방송국 일대가 폭풍이 친 듯 나풀대기 시작했다.

이후 상공으로 날아오른 백색의 용은 눈 깜빡할 사이에 모든 이의 시야에서 사라졌다.

이타콰를 끌고 이름 모를 섬에 내렸다.

방송국 일대에 모습을 드러낸 건 위험했지만 의도한 것이었다.

'이 사태는 나 혼자 해결할 수 없다.'

혼자서 움직이는 건 한계가 있다.

그러니 이슈를 몰아야 한다.

이슈를 모는 데 가장 적합한 건 '검신 아르켄'으로서의 모습을 보이는 것이었다.

더불어 '바람의 노래' 길드를 통한다면 조금 더 입지를 확대할 수 있으리라 판단했다.

"쿨럭!"

유서희는 파리한 안색으로 쓰러진 상태였다.

괄괄한 모습을 보였지만 결국 환자였던 것이다.

폐와 내장이 망가져서 현대의학으로는 살리기 힘든 수준이었다.

"괘, 괜찮아요. 이런 아픔은 익숙하거든요."

"멍청하긴. 벗어라."

"예? 아무리 그래도 순서라는 게."

"이상한 소리 하지 마라. 치료하기 위해서다."

사람이 없는 무인도.

"조, 좀 벗겨주시겠어요? 이상하네. 왜 힘이 하나도 없지."

전신에서 식은땀이 났다.

각성자가 아니었다면 진즉에 죽어도 이상하지 않을 상태.

유서희가 바닥에 쓰러져 골골댔다.

고개를 내저으며 유서희의 웃옷을 벗겼다.

정말 한 점도 사심이 없었다. 어린애의 몸을 봐서 흥분하는 그런 어른이 아니었다.

'내 취향은 라이라나 요르문간드 쪽이지.'

모든 게 다 큰 그녀들이 내 이상형에 가깝다.

잠시 후 맨살을 보인 유서희를 앉힌 채, 나는 품에서 물병 하나를 꺼내 들었다.

'용의 가루. 약효가 너무 강해서 마시기보단 바르는 게 낫다.'

암흑룡의 마력이 담긴 살점을 모아 세계수의 잎과 요정의 눈물 등과 함께 갈아 넣은 것이다.

효과는 끝장이었다. 조금만 발라도 어지간한 상처는 순식간에 재생되고, 잘린 것도 강제로 붙일 수준의 효력이 있었다.

"앗흥!"

"이상한 소리 내지 마라."

"이제 저 시집 못 가요."

유서희가 죽어가는 상태에서도 농담을 던졌다.

이럴 때 보면, 역시 검신 아르켄인가 싶었다. 그야말로 초인적인 정신력이었으니.

약을 고루 펴 바르자 빠르게 상처가 아물고 새살이 돋았다. 약의 효력이 피부 안으로 침투하여 흐트러진 장기를 바로잡고 내부의 출혈도 멈추게 만들었다.

마력을 이용한 모든 물약은 '본연의 상태', '자연스러운 상태'를 만드는 데 효과가 집중되어 있다. 원래 없던 것을 새로이 만드는 건 힘들지만 부자연스러운 것을 고치는 정도는 가능하다는 뜻이었다.

"아……."

유서희가 빠르게 회복되는 신체를 보고 감탄사를 흘렸다.

믿기지 않는다는 표정.

하기야 지금 시기엔 심연에서 가져온 물약을 구할 수는 없었다. 기껏해야 하급의 물약 정도나 간신히 구하고 있을 텐데, 그걸 먹느니 현대 의학의 힘을 빌리는 게 낫다.

"핏기가 도는군."

"힘이 생기는 거 같아요. 대체 뭐죠? 팔면 금방 떼부자 되겠다."

부모님이 거대기업의 CEO임을 알고 있기에 피식 웃어 보일 따름이었다.

신체의 회복이 완료되기까지 대략 30여 분.

볼을 불그스레 붉히며 옷을 주섬주섬 주워 입은 유서희가 말했다.

"그런데 괜찮아요? 거기 방송사였는데."

창피하긴 한지 살짝 눈을 내리깔며 물어본다.

방송사. 카메라로 찍는 사람도 있었다.

아마도 이르면 오늘 저녁, 늦어도 내일 아침엔 미친 듯이 뉴스가 떠오를 것이다.

나는 고개를 끄덕였다.

"바람의 노래 길드가 움직여 줘야겠다."

"설마 저희 길드랑 함께하시게요? 잘됐다. 안 그래도 사람 부족해서 죽을 것 같긴 했어요. 오늘 방송 출현한 것도 길드 PPL이었거든요."

유서희가 직접 출현해 능력 있는 재야의 각성자들을 긁어 모으기 위한 야심 찬 계획이었을 것이다.

하지만 본격적으로 도움을 줄 수는 없다.

'균열석을 찾아야 하니까.'

다른 데몬로드의 수하들이 그것을 찾기 전에, 내가 먼저 찾아내야 한다. 안 그래도 그 문제 때문에 나 역시 수백의 괴물을 은밀히 풀어놓았다.

"이타콰와 아르켄의 모습을 보았으니 한동안 세계의 모든 매체가 시끄러울 거다. 이슈를 선점해 길드를 키우는 건 너의 몫이다."

"세상에. 생각해 보니 엄청난 일이네요?"

그다지 긴장하는 기색은 없었다.

유서희는 어디로 튈지 모르는 매력을 가지고 있었다. 저 방방 튀는 모습 덕에 모여든 사람도 많았고, 결속력 역시 강했다.

천생 리더 스타일이다.

천천히 턱을 쓸었다.

"그 와중에도 은밀히 해야 할 일은 '변이체'를 찾는 것이다."

“변이체요?”

“유독 강력한 개체, 혹은 돌연변이를 뜻하는 건데…… 녀석이 이 모든 일의 ‘원인’이 되는 것을 가지고 있을 가능성이 크다.”

“으음, 저 혼자서는 힘들 거 같은데.”

데몬로드들에게는 없는 것.

나를 제외한 그들이 지구에서 결코 가질 수 없는 힘!

바로 인간의 정보력이다.

지금은 21세기다. 디지털 시대. 정보의 빠름에 있어서 심연의 괴물들은 절대로 인간을 따라올 수 없다.

‘반대로 나는 그 정보의 중심에 있다.’

나 역시 21세기를 살아가고 있었다.

또한 이슈를 선점한 유서희가 세계적인 관심을 받고 그 힘을 토대로 발전시킬 수만 있다면 강력한 정보체계를 구축하는 것도 불가능하진 않을 것이다.

물론 유서희 혼자선 힘들다. 아무리 그녀가 천재라 하더라도 나이에 따른 능숙함은 약할 수밖에 없었다.

“걱정 마라. 너를 도와줄 사람이 있으니.”

그를 위한 안배도 당연히 해놓았다.

나는 유서희를 데리고 무인도의 중심부로 들어갔다.

중심부엔 동굴이 하나 있었고, 안으로 들어서자 선글라스를 낀 한 남자가 팔짱을 낀 채 대기하는 중이었다.

그가 나를 발견하자 즉시 팔짱을 풀고 고개를 숙였다.

"오셨습니까."

"뭐예요, 저 사람? 깡패?"

작게 속닥이며 유서희가 경계했다.

내가 눈짓을 하자 남자가 주머니에서 명함 한 장을 꺼내 유서희에게 건넸다.

"저는 이런 사람입니다."

"어…… 전 국정원장 이윤수?"

명함에 적힌 글자를 읽은 유서희의 눈이 큼지막해졌다.

"허걱. 국정원장!"

"'전'이지만 말입니다."

"그런데 국정원장이 뭐 하는 사람이에요?"

몰라서 놀랐던 건가?

천진난만하게 묻는 유서희를 위해 그가 설명했다.

"……대통령 직속의 국가 최고 정보기관을 국가정보원이라고 부릅니다, 아가씨."

"아아, 그런 곳이구나. 그럼 거기 짱이 아저씨예요?"

"이젠 아니지만 말입니다."

"으, 죄송해요. 겉만 보고 사람을 판단하면 안 되는데."

"괜찮습니다. 익숙합니다."

유서희가 고개를 끄덕였다.

아주 어릴 때를 제외하면 꽤 오랜 시간 잠들어 있었으니 모를 법도 했다.

"그런데 그런 엄청난 분이 왜 이런 외딴섬에 있어요?"

"마스터를 기다리고 있었습니다."

"마스터요?"

"오한성 님이 저의 마스터입니다."

"……??"

유서희가 고개를 갸웃했다.

그러곤 나를 쳐다봤다.

나는 그저 미소만 짓고 있었다.

전 국정원장 이윤수. 과거에도 그 이름은 익히 들어 알고 있었다.

'유능한 사람이지.'

정치색 이전에 중립을 지키려다가 원장 자리에서 잘려 나간 사람이다. 세계가 요지경이 된 이후 그는 상당히 많은 사람을 구했다.

세계각지의 지도와 괴물 출현 빈도 등을 계산해 '몬스터 로드맵'을 만들고, 모든 정보를 통합하여 투명하게 공개하는 '트루 위키'를 만든 것 또한 그였다.

나는 찾고 찾은 끝에 그를 발견했고, 즉시 '지배자'의 권능을 사용했다. 천천히 이야기를 진행시키기엔 사건이 너무 촉박했기 때문이다.

"설명은 아까 한 대로다."

"아가씨를 도와서 정보부를 신설하는 것 말이지요."

"그래, 바람의 노래 길드 직속 정보부가 되어 나의 눈과 귀가 되어줘야겠다."

"마침 괜찮은 친구를 몇 명 압니다."

아예 새로운 걸 만들긴 어렵다.

하지만 기존에 있는 것을 덮어씌우는 건 비교적 쉽다.

이윤수는 의욕을 보였다. 비록 지배자에 의한 강제성이 있기는 했지만, 그럼에도 그의 천재성은 쉽게 가려지지 않았다.

"국정원장이 저를 돕는다고요?"

"'전'이지만 말입니다. 아가씨, 편히 말씀하셔도 됩니다."

"에이, 그래도 연세가 있으신데……."

"그리고 오늘부터 아가씨의 일거수일투족을 제가 관리하게 됩니다. 밥을 먹고, 잠을 자는 시간부터 누구를 만나고, 무슨 말을 해야 하는 지까지 모두 제가 준비해 놓겠습니다."

"……화장실은 제 마음대로 갈 수 있는 건가요?"

"거기까지 터치해도 된다고 하면 저야 고맙습니다만."

"여러분! 여기 변태가 있어요!"

유서희가 경악한 표정으로 비명을 내질렀다.

이어 한숨을 내쉬며 나를 쳐다봤다.

"어쩐지 일이 너무 쉽게 풀린다고 했어."

"인생엔 굴곡이 있기에 더욱 빛나는 법이지."

"하여간에…… 에휴, 말을 말죠. 괜히 두근거렸네."

어깨를 으쓱한 유서희가 툭툭 발을 차며 신경질적으로 동굴을 빠져나갔다.

"마스터, 쫓지 않으셔도 됩니까?"

"알아서 풀리겠지."

"소녀의 마음을 너무 모르시는군요."

"그쪽은 상당히 오지랖이 넓군?"

지배된 상태임에도 본연의 성격은 그대로인 것 같았다.

전 국정원장 이윤수. 그가 원래부터 이런 성격이었던가?

사람들이 그 이름을 칭송하는 건 여러 번 들어봤다. 나도 먼발치에서 몇 번 본 기억이 있다. 하지만 직접 대화를 나눈 건 손에 꼽혔다.

그러나 능력만은 확실하다. 그가 붓을 들고 그림을 그린다면 유서희는 금세 훨훨 날아 하늘로 비상할 것이었다.

더불어 내 눈과 귀가 확실하게 생기는 셈이었다.

'놈들에겐 없고, 나에게만 있는 것.'

데몬로드들이 균열석을 찾고자 수하들을 내보냈다.

하지만 이곳은 본디 그들의 땅이 아니다.

이 구역의 주인이 누구인지 확실히 알려줄 필요가 있을 듯 싶었다.

다음 날부터 모든 신문과 뉴스, 인터넷 매체에서 용의 모습이 담긴 사진이 메인으로 떠올랐다.

은빛의 기사와 바람의 노래 길드의 마스터인 유서희가 함께하는 모습도 있었으니, 순식간에 이야기가 퍼질 수밖에 없었다.

동영상엔 유서희가 TV 프로에 출현한 것부터 모든 게 가식이었음이 드러나는 장면, 자이언트 고릴라를 상대하다가 은빛의 기사가 나타나는 것까지 모두 담겨 있었다.

–백룡의 출현. 멸망의 징조인가, 희망의 등불인가.

–하얀 용이 세상을 휩쓴다.

–은빛의 기사. 그는 누구인가.

–바람의 노래 길드의 마스터 유서희, 은빛 기사와의 관계는?

그것을 본 기자들이 쉴 새 없이 기사를 쏟아냈다.

한쪽에선 은빛의 기사가 '아르켄'이라며 설득력 있게 주장하는 사람들이 나오고 있었다.

싱크홀 속, 경합의 장에서 그를 본 각성자들 모두가 증인이었다.

혹은 던전에서 만난 자들도 있었다. 무리하게 4층까지 올라갔다가 살아나온 용병 등이 '검신 아르켄'이라며 치켜세우기 시작한 것이다.

그리고 그날 오후, 유서희가 기자회견을 가졌다.

"바람의 노래 길드는 백룡의 가호를 받고 있습니다. 또한 검신 아르켄은 저희 길드와 호의적인 관계를 맺고 있으며 그는 세계를 수호하는 수호자입니다."

아르켄을 전설 속의 영웅처럼 늘어놓았다.

백룡을 보았으니 믿지 않을 수가 없었다.

수많은 질문이 쏟아졌지만 유서희는 답하지 않았다. 그 대신 세계 각국의 정상들을 만나 이야기를 나누고 기반을 다졌다.

백룡의 축복이라는 건 그만한 파급력이 있었다.

순식간에 '바람의 노래' 길드가 '세계의 수호자'처럼 비춰지기 시작한 것이다.

이 역시 이미지 메이킹이었다.

덕분에 태풍처럼 순식간에 급부상했다.

길드가 세계로 뻗어가기 위한 첫 번째 관문을 아포칼립스 길드보다 먼저 통과한 셈이다.

그리고 그 뒤에서 '정보부'가 움직이기 시작했다.

주인의 눈과 귀가 되어줄 그림자들이.

제로.

심연의 절대지배자 중 하나이며, 가장 많은 데몬로드를 다스리는 그가 수정구를 내려다보았다.

수정구가 피처럼 붉게 물들어 있었다.

'문'을 통과한 모든 괴물이 죽었다는 뜻.

덕분에 그는 심기가 매우 좋지 못했다.

"왕 중의 왕이시여, 근심이 많아 보이시는군요."

그러던 와중 휘하의 데몬로드 하나가 제로를 찾아왔다.

「바훔헨.」

바훔헨의 머릿속으로 제로의 목소리가 울려 퍼졌다.

여자인지, 남자인지 애매모호하기 짝이 없지만 그 목소리 속에는 절대적인 힘이 녹아 있었다.

바훔헨 아르타니아.

얼마 전 소멸한 카르페디엠보단 한 수 위의 실력자였다.

"'균열석' 때문입니까?"

「그렇다.」

"하나 많은 로드가 최후의 결전지인 '지구'에 대해서 모르고 있지요. 지금의 결계로는 고작해야 중급 정도의 괴물을 통과시키는 게 전부이니, 답답할 만도 합니다."

「답이 있느냐?」

"옮기는 데 제한이 있다면, 그 제한에 맞추면 그만일 뿐."

바훔헨이 미소 지었다.

여덟 개의 팔, 여덟 개의 다리를 지닌 그는 흡사 거미와 비슷했다.

그가 자신의 몸 안으로 손을 집어넣더니 투명한 알 하나를 꺼냈다.

"'유령거미'의 알은 무엇보다 빠르게 부화하며 강해집니다. 주변의 생명체에게 기생하며 그 힘을 빨아들이지요. 알을 낳고, 번식하며 자체적으로 '여왕'을 만듭니다."

그렇다면 부화 직전의 알들을 보내 그곳에서 성장시키면 그만이었다.

거미들은 바훔헨과 정신적으로 연결되어 있어 그곳이 어디든 명령을 내릴 수 있었다.

바훔헨이 자신 있다는 태도로 입을 열었다.

"왕 중의 왕이시여. 저를 믿고 맡겨주십시오. 실망시켜 드리지 않겠습니다."

「기회를 주마.」

"영광입니다."

제로의 관심을 받을 수만 있다면, 더할 나위 없는 영광이었다.

그가 위대한 별을 삼키고 심연의 진짜 주인으로 거듭날 때 바로 측근에서 큰 자리를 차지할 수 있다는 뜻이므로.

또한 더욱 많은 지원이 약속될 것이었다.

'그래 봤자 지구다. 하등한 인간밖에 없는 장소!'

바훔헨은 다른 데몬로드보다 지구에 대해 조금 더 잘 알고 있었다. 그곳의 인간들이 얼마나 허약한지도 말이다.

이번 기회에 다른 데몬로드보다 먼저 균열석을 찾아내면, 명예와 실리 두 가지를 모두 챙길 수 있었다.

'멍청한 카르페디엠 같으니. 나는 절대 이 자리에서 만족하지 않을 것이다.'

카르페디엠과 바훔헨은 어느 정도 경쟁 관계에 있었다.

하지만 카르페디엠은 고작 우리엘 따위에게 소멸당했다. 제로의 원조를 받았다면 결코 있을 수 없는 일이다.

하나 놈은 몇 번이나 기회를 차버렸다.

그토록 아둔하고 멍청한 녀석이 자신의 경쟁 관계였다는 게 창피할 지경이었다.

그러니 이번 기회를 통해 어떻게든 제로의 눈에 들어 더욱 위로 올라가리라!

바훔헨의 눈동자에 불꽃이 스몄다.

37장
시리아 데미도프

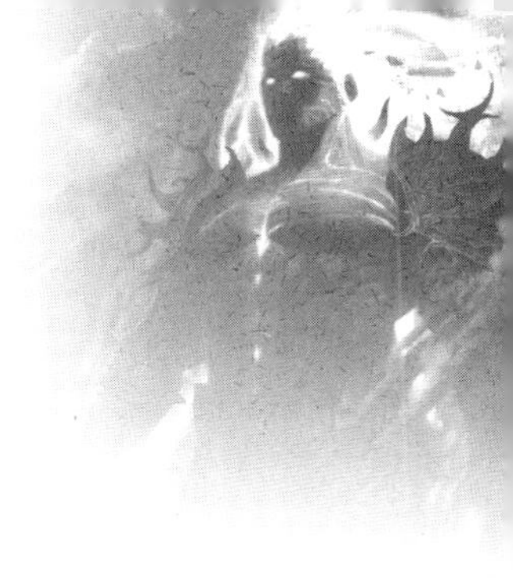

검신 아르켄이 직접 모습을 보인 건 이번이 처음이다.

강력한 괴물을 몇 차례 사냥한 바는 있지만, 공식적으로 모습을 드러내 '바람의 노래' 길드와 연관이 있음이 공표된 것이다.

갑옷을 입은 늠름한 기사의 모습과 백룡의 모습이 이토록 선명하게 찍힌 사진과 동영상은 여태껏 없었다.

단번에 자이언트 고릴라를 제압하고, 유서희를 백룡에 태워 데려가는 장면은 '미녀와 야수'를 떠올리게 해 뭇 여인들의 가슴을 설레게 만들었으니.

"그래서…… 그의 정체를 저보고 알아오라는 건가요?"

시리아가 인상을 찌푸린 채 깍지를 끼고 앉아 있는 김민식을 바라봤다.

넓은 회의실 안에는 김민식과 시리아뿐이었다. 이곳은 모든 기계적, 마법적인 침입을 거부하는 공간이다.

그만큼 중요한 일이라는 뜻.

"바람의 노래 길드의 마스터와 친분이 있는 걸로 아는데."

유서희를 말하는 것이다.

김민식의 목소리는 착 가라앉아 있었다. 심기가 불편한 듯 보였다.

하지만 그것은 시리아도 마찬가지였다.

"지금 저보고 친분을 이용해서 첩자질을 하라는 거군요."

"첩자질이라니. 검신 아르켄의 정체는 세계 모두가 궁금해하는 것이다. 공익을 위해, 혹은 혹시 모를 위험을 대비에 미리 알아두는 게 뭐가 나쁘지?"

"그의 정체를 알아서 뭘 어쩔 작정이죠?"

김민식이 양손을 책상에 걸친 채 턱을 괴었다.

"세계가 급변하고 있다. 내가 통제할 수 있는 수준을 넘어서려고 하고 있어. 나는 이 원인이 그에게 있을 수도 있다고 본다."

"검신 아르켄이 지금의 상황을 만들었다고요? 그야말로 음모론이군요. 말도 안 돼요."

누구나 그렇게 생각할 것이다.

검신 아르켄은 괴물을 퇴치하는 '정의'의 편이었다.

용의 기사로서 전설이 되어가고 있는 인물!

그를 의심한다? 그것도 가장 거대한 길드인 아포칼립스 길드의 마스터가?

하지만 김민식은 그러한 소리를 내뱉고도 표정 하나 바뀌지 않았다.

"'보라색 문'들의 시간이 빠르게 지나가고 있다. 내 예상을 웃도는 속도로. 나는 나 나름대로 최선을 다해 '이변'을 최소화시키고 있었다. 이 정도의 여파가 갈 일은 하지 않았어."

"대체…… 미래라도 알고 있다는 듯한 말투로군요?"

시리아가 고개를 저었다.

그러나 김민식은 계속해서 이야기할 뿐이었다.

"변수가 있다면 그뿐이다. '경합의 장'에 나타났던 그는 분명히 이질적이었지. 어쩌면 '알레테이아'의 조직원일 수도 있다는 생각이 드는군."

"그 계속 주시하라고 명령했던 '악의 축' 말인가요? 하지만 여태껏 알레테이아라고 지칭되는 조직은 나타난 적이 없어요."

김민식. 그는 피해망상과 같은 정도의 두려움을 가지고 있었다. 오죽하면 '알레테이아'를 조사하는 비밀조직까지 만들어서 운영하고 있는 수준이다.

하지만 1년이 넘는 현재까지 알레테이아는 보이지 않았다. 그들이 발족된 흔적조차도 말이다. 어째서 그러한 공포를 가지고 있는지, 김민식은 함구하고 있었다.

만약 검신 아르켄이 알레테이아의 조직원이라 한다면, 김민식의 두려움이 설명은 된다. 그는 평소에도 그 이름에 경기를 일으켰던 탓이다.

아주 소수의 사람만이 그 이름을 안다. 시리아도 그중 하나였다.

'하지만 그는 여태껏 수많은 미래를 맞췄지.'

그래서 시리아도 마냥 부정할 수가 없었다.

김민식은 미래를 보는 능력을 지닌 것 같았다. 그가 예언한 모든 일이, 혹은 행한 모든 것이 퍼즐을 맞추듯 정확하게 진행된 것이다.

"그래서 확인이 필요한 것이다. 이것을 부탁할 사람은 너밖에 없다, 시리아."

"저 말고도 많지 않나요? 마스터가 강제로 '조종'하는 사람들 말이에요."

가시가 돋친 말.

악마의 계약을 통해 생명을 저당 잡힌 사람들을 뜻하는 것이다.

"……나도 더 이상 그 계약을 늘릴 생각은 없다. 그리고 그들 대부분은 그저 목숨이 아까워서 내가 하는 말을 따르는 것일 뿐, 모두 뒤가 구리지. 반대로 너는…….”

김민식이 말을 멈췄다.

그렇다. 유일하게 계약을 하지 않고도 김민식의 측근에 있는 이는 시리아뿐이었다. 물론 그녀가 완전무결하다고 말할 수는 없지만 최소한 뒤가 구리진 않았다.

그녀는 있는 그대로를 말했다. 가감 없이.

그래서 이런 부탁도 할 수 있는 것이다.

“제가 하기 싫다면요?”

“……최근 러시아 쪽이 많이 시끄럽더군. 각성자들의 궐기로 군부의 상황이 많이 좋지 않다고 들었다.”

러시아는 민주주의 국가이지만, 아직도 공산주의 시절의 억압이 남아 있으며 독재가 계속되고 있었다.

시위의 폭력 진압을 시작으로 독재자를 몰아내기 위한 본격적인 움직임이 시작됐는데, 초인시대로 들어선 이후 국제 정세도 좋지 않아 전쟁을 방불케 하는 내전 상태가 지속되는 중이었다.

그중 명문이라 전해지는 시리아의 가문 ‘데미도프가(家)’가 직격탄을 맞았다. 외부의 도움 없이는 사실상 생존이 불가능한 상황.

시리아도 러시아로 돌아가는 걸 진지하게 고민하던 중이

었다. 비록 어린 시절 아버지에 의해 의절당하고 쫓겨났지만 가족에 대한 사랑은 여전히 남아 있었던 탓이다.

"잔인하군요."

시리아의 표정이 굳었다.

그리고 벌레를 보듯 혐오하는 눈초리로 김민식을 바라봤다.

아직 그녀는 국내에서 제대로 자리를 잡지 못한 상태였다. 얼음여왕으로 불리며 유명세는 탔지만 지지기반이 약하다. 이대로 러시아로 돌아가 봤자 별 도움은 되지 않을 것이다.

하지만, 김민식이 도와준다면?

아포칼립스 길드가 도와준다면 이야기는 다르다.

'위기를 기회로 삼는 것도 가능하겠지.'

아포칼립스 길드는 단 1년 사이에 세계적인 길드로 발돋움했다. 길드원만 십만 명이 넘고 그들 모두가 까다로운 기준을 통과한 각성자로 이뤄져 있다.

오로지 한국만이 '몬스터 콜'이라 불리는 대공황 속에서 유일하게 안전지대로 남을 수 있었던 이유다.

그 도움이 있다면 어떻게든 가문을 존속시킬 순 있을 터다. 아니면 이번 위기를 기회로 더 높게 도약하는 것 역시 가능하겠지.

하나 그것을 거래의 재료로 사용한다는 건 너무 잔인한 일이었다.

'거부할 수…… 없어.'

러시아는 그녀의 고향이다.

데미도프가. 그곳에 그녀의 어머니가, 아버지가, 형제와 자매가 있다.

어찌 외면할 수 있겠는가. 그녀는 그토록 모질지 못했다.

한국에 온 것도 힘을 얻기 위해, 오로지 아버지의 마음에 들기 위해서였을진대!

"길드의 이름을 걸고 공식적으로 도와주마. 물론 지금의 독재자와 선은 그어야겠지. 데미도프 가문이 현 상황에서 살아남으려면 그 방법밖에 없다. 너와 나의 혼례를 발표해도 좋은 효과가……."

짜아악!

시리아가 김민식의 뺨을 때렸다.

회의실이 크게 울릴 정도로 강하게. 하지만 김민식은 꿈쩍도 하지 않으며 그저 시리아를 바라보고 있을 뿐이었다.

"나쁜 이야기만은 아니다. 잘 생각해 보도록."

"당신은…… 사랑이 뭔지는 아나요?"

"그게 필요한가? 그것만 있으면 되는 건가?"

"닥쳐요!"

시리아가 몸을 부들부들 떨며 회의실을 박차고 나갔다.

쿵!

곧 문이 닫히고, 회의실엔 김민식. 그만 남았다.

사랑이 뭘까.

회귀한 이후, 그는 중요한 걸 잃었다.

등가교환. 시간과 교환하여 자신의 중요한 감정을 팔아버린 것이다.

신은, 은혜롭지만은 않았다.

하여 지금은 오로지 영웅이 되고자 하는 열망만이 남아 있는 상태였다.

콰아앙!!!

책상을 내려치자 책상이 부서졌다.

부서진 책상을 바라보며, 그가 오만상을 찌푸렸다.

"씨발. 씨바알!!"

이윤수는 유능한 사람이었다.

유서희를 앞에 두고 뒤에서 세계의 거물들과 접촉하며 '은밀한 일' 모두를 도맡았다. 투자를 받고, 돈을 뿌리며 유서희와 검신 아르켄을 띄우고자 언론플레이도 마다하지 않았던 것이다.

'몬스터 콜'이라 명명된 작금의 상황에서 영웅적인 존재는 필요한 법이었다. 그 영웅이 용을 다룬다면 더할 나위 없고.

뿐만 아니라 '몬스터 맵'을 만들어 세계 각국에서 출현하는 괴물의 숫자와 종류 등을 통계로 내어 분류하는 작업까지 진행하고 있었다.

과연 전 국정원장다웠다.

왜 명함에 '전 국정원장'이라 적어놓은 건지는 아직도 모르겠지만, 그만큼 자부심이 있다는 뜻이겠지.

"……."

그리고 현재.

나는 남아프리카의 거친 야생이 살아 숨 쉬는 숲속에서 거미의 알을 줍고 있었다.

'유령거미의 알.'

바훔헨 아르타니아가 움직이기 시작했다는 정보를 심연에서 접했다. 정확히 말하자면 크리퀴가 언질을 해준 것이다.

바훔헨은 카르페디엠의 경쟁자였고, 내가 카르페디엠을 소멸시켰으니 다음 타자로 바훔헨이 나를 노릴 가능성이 가장 높았기 때문에 주시하고 있었던 것이다.

'바훔헨 아르타니아. 거미의 악마. 카르페디엠과는 경쟁 관계라.'

우리엘의 영지를 공격할까 봐 주시한 게 생각도 못 한 결과를 가져왔다. 그가 제로를 만난 직후 암흑상회에서 '암흑문'을 대량으로 사 갔다는 정보는 내게 있어선 달콤한 꿀과 같았다.

'미리 알고 대처해서 다행이로군.'

대량의 암흑문!

보나 마나 지구로의 '침략'을 위해서이리라.

데몬로드는 저마다 '암흑문'으로 통하는 고유 좌표 같은 게 있었다. 예컨대 우리엘 디아블로는 한국의 좌표가 지정된 데몬로드였다.

그래서 바훔헨 아르타니아의 고유 좌표를 찾고자 온갖 애를 썼다.

일단 '거미의 악마'라는 걸 알고 있으니 거미형 괴물이 유독 많이 출몰한 곳을 이윤수에게 부탁해 특정했고, 이곳 남아프리카로 확정 지을 수 있었던 것이다.

심연, 그리고 지구 모두의 정보를 접할 수 있는 나만이 가능한 일이었다.

'유령거미라니. 제법 머리를 썼는데.'

유령거미의 알은 빠르게 부화해 주변 생명체를 몰살시키며 성장한다. 그리고 어느 정도 성장하여 '여왕'이 잉태되면 골치가 아파진다.

그전에 발견해서 다행이었다.

쩝! 쩝!

이타콰가 지나다니는 사슴을 바라보며 입맛을 다시고 있었다. 용은 용인지라 죽이지 말라고 말을 해도 사냥의 본능만은 쉽게 참기가 힘든 모양이었다.

"거미 알이군요. 그걸 모아서 어쩔 셈이죠?"

그리고 또 한 명.

나는 천천히 고개를 돌렸다.

시리아. 그녀가 내 곁에 있었다.

"용기사 아르켄의 존재를 부정하는 사람들이 있습니다. '바람의 노래' 길드와 함께한다는 걸 증명하려면 성녀와 며칠만 함께 다녀주십시오. 그녀는 공신력 그 자체이니까요."

이윤수. 그가 내게 부탁한 것이다.

물론 유서희도 함께하긴 했다.

'시리아는 아르켄이 오한성이라는 걸 모르지.'

현재 나는 은빛의 전신갑주를 착용하고 있었다.

아르켄이 오한성이라는 걸 아는 사람은 유서희뿐이었다.

어깨를 으쓱하며 유령거미의 알을 가죽 주머니에 담았다.

'유령거미는 모체와 연결되어 조종당하지. 이 경우 모체는 바훔헨 아르타니아일 테니, 지배하여 역으로 녀석의 정보를

빼와야겠군.'

바훔헨이 보내는 통신을 역으로 가로챘다.

많은 데몬로드가 균열석을 노리고 지구로 괴물들을 보내고 있지만, 이처럼 머리를 써서 본격적으로 탐하는 건 바훔헨뿐이었다.

카르페디엠의 경쟁자이고, 우리엘을 공격할 가능성도 있으니 녀석은 조심할 필요가 있었다.

"원래부터 말이 없나요?"

시리아의 표정은 북극의 얼음 같았다. 말투에선 한기가 넘쳐흘렀다.

시리아가 원해서 따라온 건 아닌 듯싶었다.

아마도 민식이 녀석이 시리아를 보낸 것 같긴 한데…….

'어쩔 수 없군.'

나는 본연의 기질마저 완벽하게 숨기고 있었다. 시리아가 다루는 빛의 정령들도 나를 알아보지 못했다.

며칠만 참으면 된다 하니 일단은 참기로 하였다. 어쨌거나 그녀가 나와 함께하여 공신력이 생기고, 아르켄에게 인격이 부여되면 '또 다른 나'로의 활동이 편해진다.

게다가 '몬스터 콜'을 해결하려면 세계의 회합이 필요하다. 그 중심으로 나는 '바람의 노래' 길드와 '검신 아르켄'을 선택했다.

'내일까지만.'

그리고 그 며칠이란 것도 내일쯤이면 끝난다.

그녀는 벌써 이틀째 나를 따라다니고 있었다.

그동안 무시로 일관했지만, 시리아는 뭔가가 다급해 보였다.

"제가 불편한 건 저도 알아요. 저 역시 지금의 상황이 마음에 들지 않으니까요. 그러니 하나만 답해주세요. 그대의 이름이 정말 아르켄인지."

결국 시리아가 본심을 털어냈다.

정말 시리아가 궁금해서 물어본 건 아닐 테다.

민식이 녀석. 아르켄의 정체가 궁금했던 걸까?

하기야 의심이 갈 만도 하긴 했다. 그렇다고 대답해 줄 리 만무했지만.

치직!

그때였다.

품 안에 있던 무전기가 울리기 시작했다.

-러시아에 7레벨급 몬스터가 다수 출현했습니다!

이윤수의 목소리가 흘러나왔다.

"……!"

그리고 바로 옆에서 무전을 들은 시리아의 눈이 급격하게 커졌다.

러시아!

광활한 땅과 거대한 자연, 인구 1억 4천만에 빛나는 국가다.

초인시대로 들어선 이후 여러모로 불황을 맞고 있었고, 넓은 땅을 소유한 나라답게 가장 많은 '문'을 보유하고 있었다.

특히 보라색 문을.

보라색의 문은 정해진 시간이 지나면 열리는 문이다. 안에는 온갖 '고유의 괴물'이 넘치며 같은 레벨이라 할지라도 더욱 강한 면모를 보이곤 했다.

이번에 출현한 7레벨의 괴수가 그렇다.

'균열석의 영향인가? 유독 빠른데.'

데몬로드가 암흑문을 통해 보내는 괴물의 한계는 기껏해야 5레벨이다. 그나마 숫자에는 제한이 없어서 수십, 많으면 수백 마리를 뭉텅뭉텅 보내곤 했다.

하지만 '보라색 문'을 통한 괴물의 레벨엔 제한이 없다.

물론 레벨이 높을수록 문이 열리기까지 더욱 많은 시간을 필요로 하지만 이번 같은 경우는 예외였다.

균열석의 영향일 수도 있고, 내가 모르는 무언가가 있을 수도 있었다.

'러시아라…….'

이타콰의 위에 올라탄 채, 하늘에서 지상을 굽어보았다.

러시아 연방국가에 온 것은 처음이 아니다.

대통령에게 초청된 적이 있었다.

민주주의에서 완전한 독재 체제로 전환되어 자신의 힘을 과시하며 땅의 10%를 줄 테니 밑으로 들어오라는 제안을 건넨 것이다.

'죽는 줄 알았지.'

나는 한사코 거절했고 그 결과는 그다지 낭만적이지 못했다. 가질 수 없다면 부숴 버리겠다는 뜻인지 무수한 포화 속에서 겨우 목숨만 부지할 수 있었으니.

그런 일이 한두 번이 아니었던지 세계적으로 흔히 말하는 '왕따'를 당한 덕택에 멸망하긴 했지만…….

그 당시의 시리아가 내게 미안해하던 표정이 아직까지도 기억에 남는다. 당시 연인 관계였기에 오로지 그녀를 위해 러시아로 발을 들였기 때문이다.

좋은 기억과는 거리가 멀었다.

'여전히 높은 곳은 무서워하네.'

슬쩍 곁눈질로 시리아를 바라봤다.

시리아가 이타콰의 몸에 밀착한 채 아예 눈을 감아버리고 있었다.

고소공포증은 여전한 모양이었다. 아마도 어렸을 적 트라우마와 관계가 있으리라.

자세하게 말해주진 않았으나 그녀의 가문과도 연관이 있을 터였다. 데미도프 가문. 러시아의 명가로 통하는 곳이지만 그 가문이 그녀에게 남긴 것은 상처뿐이었다.

'끔찍하군.'

러시아의 제2도시라고 불리는 상트페테르부르크의 상공을 지나며 인상을 찌푸릴 수밖에 없었다.

도시가 반파됐다.

대부분의 건물이 무너져 내렸으며 도로 역시 부서져 있었다.

수많은 차량과 시체들……. 수습조차 하지 못한 모습이다.

탱크들은 예리한 칼날에 잘린 듯 반듯하게 반으로 잘린 상태였다. 군복을 입은 군인들은 공포심 가득한 표정으로 끝을 맞이했다.

"끔찍하군요."

착지한 이타콰의 등에서 내린 시리아가 가장 먼저 꺼낸 말이다.

끔찍했다. 반론의 여지가 없다.

"대체…… 어떤 괴물이길래……."

시리아가 눈시울을 적셨다. 항상 강한 척은 하지만 기본적으로 그녀의 마음은 여리다. 괜히 그녀가 성녀라 불리는 게 아니었다.

나는 주변을 둘러보다가 거대한 구멍 근처로 다가갔다.

지름 3m 정도의 구멍이 곳곳에 나 있었다.

'귀찮은 녀석이 나타났군.'

보고를 듣기는 했지만 설마 싶었다.

그리고 이 구멍을 보고 확신했다.

'변종 크라켄.'

보통 크라켄은 바다에서 산다고 알려졌는데, 이 변종은 땅을 파고 지하에서 산다. 크라켄과 매우 흡사한 외견을 가지고 있으나 다른 점이 있다면 보라색의 표피를 가지고 있다는 것이었다.

땅의 정기를 흡수하고, 먹이를 사냥하는 방식이 너무 광범위하게 이뤄져서 출현했다면 모를 수가 없다.

'최소 다섯 마리.'

7레벨의 괴물이라고 무시할 수 없다. 이 구멍은 본체가 아니라 '촉수'가 지나간 자리다. 촉수 하나가 3m의 지름을 갖고 있는 것이다.

변종 크라켄은 본체를 어지간하면 바깥으로 내보이지 않는다. 오로지 기다란 촉수만을 이용해 지상을 휘젓는다.

그 크기를 가늠해 본 결과 최소 다섯 마리의 변종 크라켄이 있다는 걸 확인할 수 있었다. 그렇다면 아직도 이곳 밑에 있는지를 확인해 볼 차례였다.

철컥!

"정지, 정지! 소속을 밝혀라!"

안전장치가 풀리는 소리와 함께, 사방에서 군모를 쓴 군인들이 총기를 들고 주변을 감싸기 시작했다.

군인 모두가 철수한 건 아닌 듯싶었다. 거리를 둔 채 보병만 이곳 지역에 투입해 놓은 것이다. 아마도 혹시 모를 위험을 감지하고, 사람들을 구출하고자 파견된 수색대인 듯싶었다.

하지만 그들의 표정엔 두려움과 경악이 담겨 있었다.

먼저 이타콰를 바라보는 시선이 그러했다.

그 크기만 벌써 12m를 넘겼으니.

"배, 백색의 용이면 아르켄 아닙니까? 그 용기사라고 불리던……."

"아르켄이 왜 여기 있어? 보고받은 거 있어?"

"없습니다."

검신 아르켄은 자유롭다. 그는 모든 규법을 초월한 존재다. 당연히 허락을 받는 절차를 밟고 러시아에 들어오진 않았다.

"멈추세요. 이분이 그 아르켄이 맞으니까요."

시리아가 양손을 위로 올린 채 군인들에게 말했다.

그녀를 본 군인들이 난색을 표했다.

"하지만 우리는 보고를 받은 게 없습니다."

"이상하군요. 아포칼립스 길드나 바람의 노래 길드로부터 연락이 갔을 텐데요."

"보고받은 바가 없습니다. 죄송하지만 얌전히 따라와 주셔야겠습니다."

그들은 극도의 긴장 상태였다.

이곳은 전쟁 지역이었고 사상자만 벌써 천 단위를 넘겼다. 어쩌면 만 단위조차 넘겼을지도 모를 정도의 참사.

아무리 내가 아르켄이고, 그녀가 성녀 시리아라 할지라도 지금은 '위험 대상'으로 분류될 뿐이었다.

하나 그들을 따라갔다간 시간만 허비될 게 자명하다.

한숨을 내쉰 시리아가 품에서 휘장 하나를 꺼냈다.

휘장엔 사자와 뱀의 모습을 딴 고풍스러운 문양이 수놓아져 있었다.

"저는 시리아 데미도프입니다. 이 휘장은 알아보시겠죠."

"데미도프……!"

척! 척!

군인들이 휘장을 본 즉시 각을 잡았다.

이어 경례를 하며, 예를 취했다. 그만큼 이곳 러시아에서 데미도프 가문이 군인들에게 가지는 영향력은 절대적이었던 것이다.

"서(Sir). 못 알아봬서 죄송합니다. 아르치 대위라고 합니다."

"괜찮아요."

"그리고 실례지만 확인 절차가 필요합니다. 데미도프 가문에 확인 요청을 넣어도 되겠습니까?"

시리아가 미간을 찌푸렸다.

저 휘장은 그녀가 쫓겨나듯 가문을 나올 때 갖고 온 것이다. 의절을 당했으니 확인을 해봤자 소용이 없었다.

"그러세요."

하지만 그녀의 눈엔 만에 하나의 기대감 또한 서려 있었다.

성녀라 불리며 어느 정도 유명세를 탄 지금이라면 받아들여 줄지도 모른다는, 그 얇은 희망에 기대고 있는 것이다.

이윽고 아르치 대위가 무전을 넣었다.

1분여가량이 흐른 뒤, 다시금 무전이 울렸다.

–데미도프 가문에서 '시리아'라는 이름을 가진 사람은 없다고 한다. 연행하도록.

"……얌전히 따라와 주셔야겠습니다."

50여 명의 군인이 총기를 더욱 바짝 대었다.

극도의 긴장 상태.

시리아는 입술을 깨물었다.

혹시나 싶었지만 역시였다.

나는 그러할 것이라고 결과를 예측하고 있었다. 단지, 이야기해 봤자 소용이 없기에 가만히 있었을 따름이다.

'데미도프 가문의 어른들은 존경할 위인들이 안 되지.'

특히 그녀의 친부는 더욱 그렇다. 지독할 정도의 원리주의자. 약한 부분은 쳐내고 강한 부분만을 남기는 마초적인 성격이었다.

"쓸데없는 충돌상황을 만들고 싶지 않습니다. 얌전히 따라와 주시면 안전은 보장하겠습니다."

아르치 대위는 슬쩍 이타콰를 바라보곤 침을 삼키며 말했다.

충돌상황에서 저들이 이길 확률은 한없이 0에 수렴한다.

총기를 가지고 있지만, 쏘는 방향만 확인하면 피할 수 있을 정도로 내 능력치는 발달해 있었다.

80에 다다르는 민첩은 일반인의 스무 배가 넘는 동체 시력과 반응속도를 가져다준다. 괜히 '초인'이 아닌 것이다.

'왔다.'

스릉!

흑풍검을 뽑았다. 검은색의 검신이 매끄럽게 펼쳐지며 세상에 드러나자, 아르치 대위를 비롯한 군인들이 바짝 긴장한 채 방아쇠에 손을 가져갔다.

"정지! 움직이면……!"

퍼억!

눈 깜빡할 사이에 다가간 나는 아르치 대위의 복부를 발로 걷어찼다.

콰악!

억! 하는 소리와 함께 몸이 날아가자, 그 자리에 땅이 뚫리며 거대한 촉수가 모습을 드러냈다.

"괴, 괴물이다! 촉수 괴물이 출현했다!"

"빌어먹을! 피해!"

탕! 탕!

군인들이 급히 방아쇠를 당기며 촉수를 겨냥한 채 마구 쏘아대기 시작했다. 촉수에 총알들이 박히긴 했지만 금세 우드득 떨어져 내렸다.

말도 안 되는 탄성이었다.

'칠흑의 손길.'

변종 크라켄의 촉수를 확인했으니 녀석을 바깥으로 꺼내야 한다.

잠시 후 바닥이 까맣게 물들었다. 죽음의 손길이 무차별하게 촉수를 부여잡고, 땅 아래에 있는 변종 크라켄에게 영향을 끼쳤다.

크에에에에엑!

더욱 많은 촉수가 미쳐 날뛰었다.

변종 크라켄은 내부를 파괴하는 공격, 혹은 수준 이상의 절삭력이 아니라면 피해를 줄 수가 없다.

그리고 내겐 그에 적합한 스킬이 하나 있었다.

좌르르륵!

백보신권의 리(理)를 담은 탈혼무정검이다. 절삭력과 내부의 파괴라는 두 가지 이점을 동시에 가진 것이다.

퍼석!

흑풍검에 닿은 촉수가 터져 나갔다. 하지만 촉수는 금세 재생되기 시작했다.

"이타콰!"

크르릉!

이타콰가 소리를 내지르며 촉수를 붙잡고 힘 싸움을 행했다. 본체를 바깥으로 끌어 올리기 위해서다.

그러자 여섯 개의 촉수가 달라붙어 이타콰를 조여대었다.

변종 크라켄이 이타콰에게 신경을 쓰느라 재생하는 속도가 느려졌고, 그사이 녀석의 촉수를 계속해서 잘라대며 신경을 분산시켜 힘을 약하게 만들었다.

크롸아아아아!

이타콰가 온 힘을 다해 촉수를 끌어냈다.

쿠우우웅!

곧 땅이 균열을 일으키며 변종 크라켄이 지상 위로 내던져졌다.

그 크기만 20m에 달하는 초거대 괴수. 이타콰보다 두 배는 크지만 힘에선 크게 밀리지 않았다.

"지, 지금 내가 뭘 보고 있는 거야?"

"미친……!"

수많은 폭탄을 터뜨려도 멀쩡하던 괴물이 맥을 못 쓰고 있었다. 그것을 바라보며 군인들은 믿기지 않는다는 듯 입을 크게 벌렸다.

만 명의 군인도 해내지 못한 걸 단둘이서 하는 중이었다.

어찌 놀라지 않을 수가 있겠는가!

'일단 하나.'

변종 크라켄의 본체는 재생 능력이 약하다. 검기를 일으켜 얼굴을 터뜨리자 검은색 먹물이 사방에 떨어지며 땅을 녹였다.

하지만 몸 내부 어디에도 균열석으로 보이는 것은 없었다.

"정화."

시리아가 급히 주변에 떨어진 독성 먹물을 정화시켰다. 사람에게 닿으면 치명적으로 작용할 수 있기 때문이다.

덕분에 군인들에게 영향이 가진 않았지만…….

촤아아악!

츠르르륵!

그에 반응하듯 수십 개의 촉수가 지상을 뚫고 튀어나왔다.

나머지 변종 크라켄들이 출현한 것이다.

"아……!"

"어, 어떡해야 합니까?"

"도, 도망가!"

군인들의 얼굴에 절망이 서렸다.

한 마리를 처리해도 더 많은 숫자가 남아 있었다.

저 모두를 상대할 순 없다.

이곳에 있다간 죽는다!

모든 군인이 하나둘 뒷걸음질을 치며 도망가기 시작했다. 도시 하나를 반파시킨 괴물들을 상대로 이길 수 없다고 판단한 것이다.

하지만 나는 어깨를 으쓱해 보일 따름이었다.

'몸 좀 풀 수 있겠군.'

좀이 쑤셨다.

힘이 넘쳤다.

멸제의 마력, 내 심장에 자리 잡은 용의 마력, 더불어 암령의 힘까지.

해소하지 않으면 부딪혀 공멸할 뿐이다. 태을무극심법으로 아무리 다스려도 한계가 있었다.

그러니 쏟아내야 한다. 넘치면 비워지고 비워지면 다시 채워지는 게 세상의 이치. 내 안에서 삼파전을 벌이는 마력들도 마찬가지였다.

한계를, 해제한다.

마음껏 미쳐 날뛰는 거다.

주먹을 쥐자 오른손에 멸제의 패악스러운 마력이 요동쳤다. 암령은 폭풍과 같은 태세로 왼손에 머금어졌다.

그 상태에서 검을 쥐었다. 흑풍검이 전율하듯 파르르 떨렸고 세 개의 힘이 부딪히지 않도록 균형을 조절하는 것만으로도 정신이 아찔했다.

쿠와아아아아앙!

그대로 검을 내지르자 멸제와 암령이 폭발할 듯 위태롭게 쏘아지며 공간을 박살 내고 없애버렸다. 변종 크라켄 한 마리가 촉수만 남긴 채 증발해 버렸으며 시체조차 온전히 남기지 못했다.

"후우우우읍-!"

단지 검을 질렀을 뿐임에도 반동력으로 몸이 떠밀려 갔다. 나무의 뿌리처럼 다리를 굳게 바닥에 밀착시켜보았지만 멸제와 암령의 미쳐 날뛰는 마력의 여파를 감당할 수 없었다.

두 힘이 빠져나간 양손이 사시나무처럼 떨려댔지만 나는 조금 전의 파괴력을 보고 할 말을 잃었다. 뭉쳐 있던 것을 풀어내었을 뿐인데 건물 몇 개가 증발하듯 사라져 있었다. 땅이 깊게 파이고 변종 크라켄 한 마리는 아예 모습조차 보이지 않았던 것이다.

가공할 파괴력이었다.

후폭풍을 견디고자 주변의 돌무더기 따위를 잡으며 버티던 군인들도 저마다 입을 벌린 채 아무 말도 하지 못하고 있었다.

뿐만인가.

하늘이 괴롭다는 듯 비명을 질러댔다. 폭발의 여파가 하늘의 절반은 검게 물들인 것이다. 서로 다른 마력이 돌고 순환하며 만들어낸 참극이었다.

"인간이……."

"아니야……."

상상을 초월하는 상황에 마주했을 때 사람이 보이는 반응은 대체로 넋을 놓는 것이었다. 지금의 군인들이 그러했다.

초인시대로 접어들고 인간의 한계를 뛰어넘는 초인이 대거 출현했지만 소수 몇몇을 제외하고 아직은 '현대 과학'을 강력함을 뛰어넘지 못하고 있었다.

그런데. 그럴진대.

"……걸어 다니는 핵탄두가 따로 없군요."

시리아도 군인들과 크게 다를 바가 없었다.

핵탄두가 정말로 걸어 다닌다면 그 활용 가치는 상상을 초월한다. 시리아 역시 군부에 몸을 담고 있었기에 그 가치를 모르진 않았다.

그녀가 긴장하며 나를 쳐다봤다.

하나 나는 그러한 주변의 소리를 제대로 귀담아듣지 않고 있었다.

양손을 내려다보고, 암령과 멸제의 마력을 살폈다.

'다시 채워진다.'

놀랍게도 두 힘은 비워낸 즉시 채워지는 중이었다. 비록 그 속도가 느릿하다곤 하지만 다시 채워지거든 미친 듯이 서로의 영역 싸움을 시작할 터였다.

꿀꺽!

침을 삼켰다. 이질적인 힘들이 순환하여 만들어낸 장면은 과거 내 전성기 시절에 버금가고 있었다. 이조차도 완벽하지 않으니 더욱 놀라운 것이었다.

'섞을 수 있다면…….'

암령과 멸제, 그리고 나의 힘을 온전히 섞을 수만 있다면 감히 전무후무한 세상이 펼쳐질 것이다. 닿지 못했던 '격'을 깨고 오롯이 설 수 있을 것이었다.

요는 영역을 나누고 다투게 하는 것이 아니라 섞는 데 있다. 어떻게 섞어야 할지는 여전히 감이 안 잡히지만, 분명한 건 '태을무극심법'은 조화의 극의에 다다르는 공부라는 점이었다.

그래. 답은 태을무극심법이다. 더 높은 경지가 필요하다. 보다 간절해졌다.

세 개의 힘을 섞인다는 건, 더 나아가 다른 데몬로드의 '본질'마저도 가져올 수 있다는 뜻이었으므로!

'문제는 단발성이라는 것.'

나눠서 쏟아내는 방법을 연구해야겠다.

고개를 들었다. 유일하게 이타콰만이 놀라지 않고 변종 크라켄을 상대하는 중이었다.

남은 변종 크라켄은 세 마리.

스릉!

흑풍검을 치켜들고 매와 같이 비상했다.

변종 크라켄의 사냥 소식이 곧 러시아 전역에 퍼졌다.

군인들의 호위를 받으며 검신 아르켄과 성녀 시리아는 곧장 수도로 향했다.

둘은 좋은 선전도구였다.

작금의 내전을 부드럽게 만들 수 있는 아주 좋은 카드 말이다.

대통령은 그 속내를 감추지 않고 대화를 진행했다.

"반갑습니다. 귀인이 오셨군요!"

세르게이 대통령.

현 러시아를 주무르고 무늬만 민주주의 국가로 만들어버린 주범 중 하나였다. 하지만 나는 그가 '꼭두각시'임을 안다.

'진짜 거인은 그의 뒤에 있는 군부 명가들이지.'

시리아의 가문을 비롯한 세 개의 가문.

데미도프, 부쉬코브, 블라디미르.

돌아가며 대통령을 선출한다 해도 과언이 아닌 이 세 가문이 러시아의 숨겨진 진짜 권력자다. 대통령은 그들의 의지를 표현할 뿐인 꼭두각시에 지나지 않았다.

세르게이 대통령은 '블라디미르' 가문이 선출한 대통령이었고, 선한 마스크와 달리 사냥을 좋아하는 잔인한 성격의 소유자였다.

"도시에 출현한 괴물을 처치해 주셨다고 들었습니다. 중간에 군인들과 마찰이 있었던 부분은 죄송하게 생각합니다. 한국의 길드로부터 연락이 닿긴 했는데 전달이 안 된 모양이더군요."

귀빈실에서 홍차를 대접받으며 나와 시리아는 가만히 그

가 하는 이야기를 듣고 있었다.

거대한 궁전과 같은 곳. 창문 바깥으로 이타콰의 커다란 눈이 보였다. 만약의 사태를 대비해 군인들이 주변을 점거하고 있다고는 하지만, 용을 처음 접하는 인간은 위축되게 마련이었고 세르게이 대통령도 별반 다르진 않았다.

그가 침을 꿀꺽 삼키며 애써 웃어 보였다.

"담당자는 확실하게 처벌했습니다. 하마터면 큰 충돌이 날 뻔하지 않았습니까?"

나는 고개를 주억거렸다.

처벌, 처벌이라.

그런 단어를 가볍게 사용하는 걸 보면 확실히 선한 사람은 아니다.

'세 가문의 눈이 이곳에 모여 있지.'

지금 내가 이곳에 있는 이유는 그가 나를 초대해서이기도 하지만, 정확히는 러시아의 숨은 권력자들을 파악하기 위함이었다.

데미도프, 부쉬코브, 블라디미르.

작금의 내전을 일으키고 데미도프 가문을 축출하려는 움직임이 벌어지는 와중이었다. 나는 지긋이 세르게이 대통령을 바라봤다.

'내전 끝에 그가 죽고 새로운 대통령이 선출된다.'

내전을 종료시킬 가장 간단한 방법은 뭘까?

왕을 죽이는 것이다. 그리하여 새로운 왕을 세우는 것이었다.

과거의 나는 이 내전에 아예 관여하지 못했다. 하지만 들은 이야기는 있다.

데미도프 가문이 몰락하고 세르게이 대통령이 죽으며 사람들의 손으로 새로운 대통령을 선출했다는 이야기를.

물론 새로운 대통령 역시 남은 두 가문에서 선출한 것이지만, 나는 이 모든 게 '데미도프' 가문을 축출하기 위한 움직임이라고 보았다.

'시리아를 위해 러시아로 방문했지만 의미는 없었어.'

과거 나는 러시아를 딱 한 번 찾아온 적이 있었다.

시리아와의 결혼을 위해, 거기까지 생각하고 러시아를 찾아왔다.

하지만 데미도프 가문의 웃어른들은 식물인간 상태였으며 새로이 선출된 대통령은 나를 이 넓은 나라에 묶어두려고만 했다.

데미도프 가문의 부활을 약속했으나 거하게 뒤통수를 맞은 것이다. 이놈의 홍차를 잘못 마셔서 그대로 기절하여 세뇌실에 갇혔다.

'이제 그럴 일은 없겠지만…….'

"홍차가 입에 안 맞으십니까? 한 모금도 안 드시는군요."

너 같으면 마시겠냐고 쏘아주고 싶었지만 참았다.

하여간 러시아를 온 김에 알고 싶었다. 현재의 시리아는 내 연인이 아니지만, 과거의 인연이라는 것도 있으니까.

더불어 러시아의 정세가 과거와 똑같이 흘러간다면 결국 멸망뿐이다. 남은 두 권력자가 권력을 나눠 먹을 수는 있겠지만 앞으로 펼쳐질 세상이 그리 호락호락하진 않다.

그것을 깨닫게 해줘야 한다.

그러니 이곳에 온 것이다.

숨은 권력자들의 '눈'이 있는 이곳에.

내 한 마디, 몸짓 하나하나, 모든 게 그들의 귀로 흘러 들어갈 것을 나는 알고 있었다.

"허허. 과묵한 것도 좋습니다. 능력 있는 사람은 과묵해야 하는 법이지요. 그래야 아랫사람들이 잘 따르니까요."

"저희를 부른 목적이 뭐죠?"

보다 못한 시리아가 말했다.

그러자 세르게이 대통령이 작게 혀를 찼다.

"정확히는 '용기사 아르켄'만 초청했습니다만, 그가 저희의 골칫덩어리를 제거해 준 데에 대한 감사의 표시를 하고 싶어서 이렇게 모셨습니다."

"각성하지 않은 민간 군인들뿐이더군요."

"초인시대가 열리고 저희 러시아는 조금 늦게 출범했습니다. 이제 막 초인부대를 편성한 시점이니 운용 단계로 접어들기 전까진 어쩔 수 없지요."

운용 단계로 접어들기 전까진 어쩔 수 없다?

그런 것치곤 주변에 있는 자들 모두가 각성자였다.

이곳 '궁'을 지키는 엘리트들. 모두 실력자로 구성되어 있었다.

게다가…….

'섞였다.'

'금단'에 손을 댄 듯싶었다.

아무래도 이 주변에 실험실 같은 곳이 있는 게 분명했다.

저 각성자들, 겉은 멀쩡해 보여도 풍기는 냄새는 인간의 것과 거리가 멀었다.

괴물의 근육이나 장기를 섞어 '키메라화'한 게 틀림없었다.

금단. 금기 중의 금기.

인상을 찌푸렸다.

"궁을 지킬 각성자들은 있고, 사람을 지킬 각성자는 없다는 건가요?"

"시리아 양, 암적 세력이 곳곳에 도사리고 있습니다. 제가 죽으면 러시아는 혼돈에 잠깁니다. 이 궁을 지키는 것이야말로 러시아를 수호하는 것입니다."

확신하는 듯한 목소리.

세르게이 대통령은 태평했다.

하지만 그도 결국은 사냥개일 뿐이다.

사냥개는 사냥을 끝마치면 잡아먹힌다. 토사구팽당할 거라는 걸 그는 전혀 모르고 있는 듯싶었다.

시리아가 고개를 저었다.

"저질이로군요. 당신의 발언에 동의할 수 없어요."

"시리아 양, 그대가 한국에서 성녀라고 불린 것은 알고 있습니다. 그런데 데미도프 가문의 이름은 왜 사칭한 겁니까?"

"사칭이……!"

"안 그래도 그 문제와 관련하여 데미도프 가문에서 신고가 들어왔습니다. 러시아에 다시는 발을 붙이지 못하게 해달라고 하더군요."

"……."

시리아가 말을 잃었다.

그럴 수밖에. 설마 '강제 퇴국 조치'를 받으리라곤 생각도 못 한 것이다.

나도 마찬가지였다. 너무하다 싶을 정도로 과민반응이 아닌가?

'뭔가가 있는 모양이군.'

단순히 내가 본 기억이 전부는 아닌 모양이었다. 약해서 쫓겨난 것 외에도 시리아를 부정하려는 이유가 있는 것 같았다.

과거에도 그런 낌새가 있긴 했지만 러시아에서의 일이 있은 이후 알 방도가 없었는데, 이번에는 잘하면 진실에 접근할 수 있을 듯싶었다.

시리아의 얼굴이 하얗게 떴다. 설마 거기까지 부정당할 줄은 몰랐겠지.

세르게이 대통령이 미소를 지으며 나를 바라봤다.

"아르켄 님, 시리아 양과는 별다른 사이가 아닌 걸로 알고 있습니다. 길드에서의 요청 때문에 어쩔 수 없이 같이 다니는 거라고요."

관심 없는 척하더니 알 건 다 안다.

이미 모든 조사를 끝내놓은 듯싶었다. 내가 앞으로 벌어질 일에 관여하지 않으리라고 말이다.

곧이어 호위들이 시리아의 주변으로 다가오기 시작했다.

"시리아 양, 얌전히 계시면 나쁜 일은 생기지 않을 겁니다. 저는 어디까지나 법을 준수해야 하는 입장이기에…… 앞으로 다시 러시아 땅을 밟지는 못하겠지만, 몸 성히 돌아갈 수 있게는 해드리죠."

시리아가 몸을 부들부들 떨었다.

파리한 안색엔 짙은 모멸감과 자조가 섞여 있었다.

공식적으로 러시아를 올 수 없다면 그녀가 강해지려는 이유 자체가 필요 없어진 것이었다. 강해져서, 보다 용감해져서 당당히 돌아오려고 했는데. 그 자체가 불가능해졌다는 말이었다.

"아버지를, 뵈야겠어요."

"설마 데미도프가의 큰 어른을 말하는 건 아니겠지요? 망상이 너무 지나치군요. 당신은 데미도프 가문의 사람이 아닙니다. 시리아라는 이름의 어떠한 기록도 남아 있지 않은 걸요."

"그럴 리가 없어요!"

"허, 이거 참…… 연행해!"

시리아가 품에서 작은 지팡이를 꺼냈다.

열 명 남짓의 호위가 다가왔다. 괴물의 신체가 섞였기에 어지간한 각성자보다 강한 자들이었다. 전투인원이 아닌 시리아 혼자선 감당할 수 없다.

세르게이 대통령은 나를 바라보고 있었다.

'이건 우리의 일이다'라는 무언의 압박.

더불어 내가 길드의 입장에 따라 움직인다면, 허튼 수는 부리지 못할 것이라고 확신하는 듯했다.

하기야 이미 나는 '바람의 노래' 길드를 천명했다. 여기서의 내 움직임은 국제적으로도, 길드적으로도 강한 영향을 끼친다.
그녀 역시 이딴 나라는 버리는 게 맞다.
어차피 멸망할 곳이고, 어차피 죽을 놈이다. 자신을 버린 곳에 굳이 집착할 필요가 있겠는가.
시리아가 입술을 깨물었다.
호위들이 무기를 꺼내 들고, 사방을 좁혀가며 시리아를 압박했다.
뻔한 결말이 예측되는 상황.
"재미없군."
입을 열었다.
자리에서 일어났다.
그리고…….
촤아악!
베었다. 무기를 든 놈들 모두, 손목을 잘랐다.
모두가 경악했다. 세르게이 대통령은 특히 더했다.
내 움직임이 모든 것에 영향을 끼친다고, 그러니 얌전히 있으라고 말하는데.
그래서 뭐 어쩌라고?
과거에서 돌아온 이후 나는 한 가지는 확실하게 버렸다.
영웅.
그 두 글자를.

38장
재앙(災殃), 강림(1)

피가 낭자했다. 무심하게 검을 털어냈다. 순식간에 열 명 남짓한 이의 손목이 잘렸다.

어차피 저들은 '금기'로 만들어졌다. 잘린 즉시 손목이 재생되는 걸 보면 알 수 있다. 재생력이 강한 트롤의 피와 심장을 이식한 것이다.

지금은 관련 법률이 제정되지 않았기에 불법이 아니다. 하지만 인륜을 저버린 행위임에는 반박할 여지가 없다. 설령 그들이 동의했다고 하더라도.

'모두를 끌어안을 생각 따윈 없다.'

과거의 나는 영웅이란 글자에 너무 메여 있었다.

이웃을 사랑하라는 말처럼, 모든 이를 공평하게 대하고자 안간힘을 썼던 것이다.

설령 그것이 인류의 해악이 되는 존재라 할지라도 같은 인간이라면 대화로 풀어 나가려고 했다.

설득하고, 시간을 들여서 교화시키는 게 가능하리라고 믿었다.

멍청했다. 그랬으면 안 되는 건데.

악에 발을 들인 사람은 쉽게 변하지 않는다. 내가 계속해서 민식이를 주시하고, 의심하며, 따져 보았던 이유다. 그리고 그러한 시선은 지금도 끊임없이 보내고 있었다.

하지만…… 교화가 불가능한 종류가 있다.

그러지 않아도 될 위치에 있음에도 권력에 취해, 힘에 취해 더한 짓을 벌이는 자들. 그들은 절대로 변하지 않는다.

예컨대 바로 내 앞에 있는 자.

세르게이 대통령과 그 뒤의 가문들.

"무, 무슨 짓입니까!"

세르게이 대통령이 외쳤다.

더욱 많은 군인이 귀빈실을 열어젖히고 들어왔다. 나는 그 중심에 오연히 섰다.

모두를 끌어안을 생각도 없고, 검신 아르켄은 초월적인 존재로 남겨 둬야 한다. 하늘 위의 하늘, 초법적인 존재로서 말이다.

그래야만 그들은 두려워한다. 자신의 위에 '어찌할 수 없는'

존재가 있다는 걸 알게 되어야 자연스럽게 위축될 것이었다.

국제 정세 따윈 상관하지 않는다는 이미지를 줘야 한다. 잘못을 저지르면 그게 누구이든 공평하게 '벌'을 받는다는 각인을 새길 필요가 있었다.

쓰러진 호위에게 다가갔다. 인간이되 이미 인간이 아니게 된 자들. 잘린 팔목에 기포가 생기며 작은 살점이 생겨나 재생이 시작되고 있었다.

"잡종을 만들었군."

최대한 목소리를 깔았다.

격을 담아, 위압감을 뿜어내며.

검은 기운이 전신에 오로라처럼 번졌다. 멸제와 암령의, 그 칠흑 같은 놈들의 힘이 재차 발현되고 있는 것이다.

더불어 80을 넘어 90을 바라보는 마력은 그 자체만으로도 범접할 수 없는 위상을 갖는다. 마력은 격의 수치이기도 하며, 내가 가진 마력은 이제 막 각성한 자들이나 민간인은 그저 바라보는 것만으로도 현기증을 일으킬 '격'을 갖고 있었다.

"으……."

"꺼어억……!"

견디지 못한 이들이 주춤거렸다.

아예 게거품을 물고 쓰러진 자들도 속출했다.

개중에는 각성자도 있었지만, 아서라.

고작해야 1년 하고 6개월. 내가 돌아오고 지난 시간이다.

이러한 시기에 나와 같은 힘을 갖춘 자는 단언컨대 없다. 앞으로 최소 3년 이상은 그러할 것이었다.

'걸어 다니는 핵탄두.'

시리아가 한 말이 틀린 말이 아니다.

지구에서의 나는 핵탄두 그 자체였다.

감히 누가 나를 규제할 수 있겠는가. 그들은 내가 인류를 구원하는 데 중심을 뒀다는 것에 감사해야 한다. 만약 내가 알레테이아와 같은 악의 축이었다면 엄청난 재앙이 되었을 테니.

물론 지금 내 앞에 있는 자들은 예외였다.

스스로 초래한 결과를 받아들여야 할 차례였다.

타앙-!

두려움을 참지 못한 군인 하나가 방아쇠를 당겼다.

내가 수십 배에 달하는 동체 시력을 가졌다고 하더라도 초속 400m를 넘나드는 총알을 확실하게 포착하여 잡아낼 순 없다.

하지만, 흑풍검의 검면에 총알이 찌그러진 채 떨어졌다.

능력치가 오르며 생겨나는 건 반응속도와 동체 시력뿐이 아니다.

'육감.'

오감을 초월한 여섯 번째의 감각. 위험을 감지하며 과거에서부터 오랫동안 갈고닦아진 그 감각이 되살아났다.

현대전은 분명히 위협적이지만 아직도 전쟁은 보병전이 필수다. 그리고 보병전에 있어서 인지를 넘어선 초인들은 상상 이상의 파괴력을 지니고 있었다.

나?

나는 그 초인들 중에서도 탑이었다.

괴물만이 아닌, 전쟁에도 이골이 난 영웅 말이다.

발을 뗐다. 그 순간 나는 총을 쏜 군인의 뒤에 있었다.

스으으윽.

툭! 데구르르.

잘려 나간 군인의 머리가 나를 바라보고 있었다. 그는 여전히 경악한 채 자신의 죽음조차 깨닫지 못하는 중이었다.

뭐라고 입을 열려고 했지만, 곧 눈을 뒤로 뒤집으며 그대로 절명했다.

"으, 으아아!"

탕! 탕! 타아앙-!

총알을 막는 데 큰 기교는 필요 없다. 직선으로 날아오는 공격, 언제 어디에서 날아올지만 특정할 수 있다면 최소한의 동작으로도 총알을 막아낼 수 있었다.

흑풍검에 압축된 마력을 코팅한다. 흔히 검기라 부르는 그것.

이어 검과 총알이 부딪힐 때, 앞으로 밀어내는 힘을 조금만 가하면 총알을 막아내는 것 자체는 쉽다. 이 역시 요령이었다.

그리고 그 요령이 심화 단계로 들어서면…….

"오, 오지 마!"

탕! 타앙!

걸어가면서도 총알을 막을 수 있다.

두려움. 공포. 맹수를 만났을 때의 그러한 발악들.

이해한다. 나였어도 그럴 테니까.

또한 사람의 목숨을 빼앗는 데에도 많은 수고가 필요 없었다.

푸욱!

데구르르…….

목젖의 위, 빈 공간을 노리고 검을 찔러 넣으면 간단한 일이다. 목의 뼈를 관통하는 감촉이 손을 타고 흘러왔다.

모두 '악의 축'들을 죽이며 배운 것이었다. 쉽게, 더욱 쉽게 사람을 죽이는 방법을 말이다.

악을 상대하려면 나 역시 악이 되어야 했다.

"뭐, 뭐하는 짓이냐! 쏘지 마!"

세르게이 대통령이 뒤늦게 상황의 심각성을 깨닫곤 소리쳤다. 벌써 두 명이 죽었다.

쿵! 쿵! 쿠우웅!

궁이 흔들리고 있었다.

내 감정을 이어받은 이타콰가 밖에서 난동을 피우고 있는 것이다.

"아르켄! 러시아를 적대하겠다는 겁니까?"

나는 세르게이를 바라봤다.

확실히 최고 지휘자다운 침착함이었다. 본심인 나를 마주하고 벌써 정신을 차린 것을 보면.

하지만 그의 눈동자에 두려움이 보였다.

"러시아를 믿고 금기를 어겼나?"

"그건……!"

"네가, 너희가 믿는 그 힘이 얼마나 부질없는 것인지 깨닫게 해주마."

그들의 오만을 깨닫게 해줄 필요가 있었다. 그 알량한 힘을 믿고 설치는 게 얼마나 어리석은 짓인지 말이다.

한번 어긴 금기는 계속해서 깨어지는 법이다.

초장에 확실하게 기틀을 잡아놓을 필요가 있었다.

그렇기에 아르켄이 필요하다.

초월, 초법적인 존재가!

하물며 나는 러시아의 미래를 알고 있었다. 그들의 패악과 오만이 낳은 결과가 멸망뿐이라는 것을.

누군가가 꼬집어주지 않으면 어차피 같은 길을 걷게 될 터.

콰아아앙!

궁이 무너졌다.

크롸아아아아앙!

궁을 부순 이타콰가 울부짖었다.

쉴 새 없이 총성이 들렸지만 이타콰의 피부를 꿰뚫진 못했다. 용의 피부는 마력의 형질로 만들어져 있어서 단순한 총알로는 꿰뚫을 수 없다.

이타콰가 목을 굽혔다. 나는 이타콰의 목을 타고 위로 올라갔다.

“자, 잠깐……!”

그리고 멍하니 나를 바라보고 있던 시리아를 이타콰가 한입에 머금었다.

나는 시선을 옮겼다.

세르게이 대통령.

그리고 그 뒤에 있는 세 가문.

그들 역시 지금의 상황을 알고 있으리라. 그들의 눈과 귀는 러시아 어디에도 있으니까.

“너희가 동원할 수 있는 모든 힘을 동원해 나를 막아봐라. 막을 수 있다면.”

막을 수 있을까?

나 역시 궁금했다.

지금의 내가 어디까지 할 수 있을지!

러시아의 수도에서 러시아의 상징이었던 궁이 무너졌다.

사상 초유의 사태에 러시아의 거인들은 잔뜩 뿔이 났다.

쿵!

책상을 내려친 남자, 일리야 블라디미르가 얼굴을 붉혔다.

러시아를 주무르는 세 개의 가문 중 하나. 블라디미르가를 이끄는 수장이 그였다.

아흔이 넘는 나이임에도 근육질의 건강한 몸을 유지하고 있었으며, 그 눈빛은 노련한 매를 보는 것만 같았다.

온갖 방법으로 젊음을 유지하고, 힘을 얻은 블라디미르 가문의 괴물.

"감히 나를 상대로 선전포고를 하였겠다?"

세르게이 대통령은 블라디미르 가문에 내세운 대표다. 물론 잘 짜인 각본 중 하나였으나 그를 억압하고 궁을 무너뜨렸다는 건 블라디미르 가문에 정면으로 내미는 도전장과 다를 바가 없었다.

"아르켄이라고 하였느냐?"

검은 옷을 입은 그림자들이 그의 주변에 모여들어 있었다. 그중 하나가 다가가 일리야 블라디미르에게 말했다.

"예, 한국에서 처음 발견되었으며 '바람의 노래' 길드라는 곳과도 상당한 연관 관계가 있는 듯싶습니다."

"그 작은 나라가 감히 나에게 시비를 걸었단 말이지……."

한국. 그 작은 나라에서 나타난 용기사 하나가 러시아란 대해의 물을 흐리고 있었다. 이 얼마나 가소롭기 짝이 없는 일인가.

"하지만 한국 정부와 그곳의 모든 길드가 관계를 부정하고 있는 상황입니다."

당연하다.

미치지 않고서야 러시아의 중심을 부숴 버린 남자와 관계가 있다고 말하진 않을 것이다.

특히 한국의 정부는 정보를 접수한 즉시 꼬리를 내리고 적극적으로 해명을 하고 있는 상황이었다. 이게 현실이다. 이래야 정상이었다.

그런데 아르켄, 그놈은 대체 뭐란 말인가.

"그 거죽을 벗겨보면 무엇을 하는 놈인지 알 수 있겠지."

그리고 조금의 연관 관계라도 발견되면 엄청난 보복이 시작될 것이다.

외교 제재와 더불어 경제적 보복 역시 가할 생각이었다. 숨도 쉴 수 없게끔.

그러려면 아르켄이라는 놈의 정체를 까발려야 한다.

"'붉은 늑대'들을 투입해라. 놈을 반드시 잡아 와!"

“너무 위험하지 않겠습니까?”

“내 말에 토를 다는 것이냐?”

“……명을 따르겠습니다.”

붉은 늑대.

살인에 있어선 최강의 용병 집단이었다.

모두 초인으로 이뤄졌으며, 현대의 무기도 섞어서 사용하는 게릴라의 천재들.

그들에게 걸린 대상은 하나도 빠짐없이 모두 죽었다. 자신이 어떻게 죽었는지조차 모르게 말이다.

‘너무 설쳤다, 놈!’

아르켄이라는 자가 군대도 어쩌지 못한 괴물을 퇴치하였다고 하여 가까이 두고 싶었으나 미친개라면 이야기가 다르다.

자고로 미친개에겐 매가 약이었다.

‘나를 막아봐라? 허! 이 오만방자한!’

블라디미르 가문의 수장, 일리야가 헛웃음을 흘렸다.

아무리 놈이 강해도 하나다. 하나는 다수를 이길 수 없다. 이는 옛적부터 고금에서 전해지는 불변의 법칙이었다.

놈 역시 마찬가지이리라.

곧 자신의 앞에 꿇릴 놈의 얼굴을 상상하며 최대한 화를 삭이는 일리야였다.

가장 먼저 당도한 건 전투기였다.

다섯 개의 전투기가 하늘 위에서 나선을 그리며 날아와 이타콰를 조준하고 총알을 갈겨대기 시작했다.

크아아아아아!

무수히 많은, 어른 손가락만 한 총알이 이타콰를 직접적으로 때리자 천하의 이타콰라도 비명을 내지를 수밖에 없었다.

성체였다면 모르겠지만 이타콰는 아직 다 자란 게 아니다. 물론 크기는 어지간한 성체에 가까웠으나 피부 비늘에 부여된 마력의 밀도가 낮았다.

때문에 몇몇 총알이 이타콰의 신체를 관통했다.

펄럭! 펄럭!

이타콰가 날개를 크게 펼치며 공진을 일으켰다. 태풍과도 같은 거센 바람이 반대편에서 불어오자 전투기들도 궤도를 수정할 수밖에 없었다.

공중전은 내 특기가 아니다.

하지만 공격할 방법이 아예 없는 것도 아니었다.

흑풍검을 쥔 채 그대로 허공을 잘랐다. 투명한 색을 지닌 검기가 날아가 순식간에 전투기를 반으로 쪼갰다.

콰아앙!

그대로 이타콰의 등에서 뛰어내려 남은 전투기의 위에 섰다. 조종사가 놀라며 급히 우회했지만 그 순간 흑풍검이 날개를 찍었다.

찌이이이이이익!

철이 잘린다. 괴성을 내지르며 그대로 날개가, 엔진이 잘려 나갔다.

콰앙!

두 대째. 남은 세 대가 그대로 미사일을 쏘았다.

도합 여섯 개의 미사일이 나를 향해 날아들었다.

후우읍.

숨을 들이쉰 채 추락하는 전투기 위에서 그대로 손을 뒤로 빼고, 주먹을 쥐어 크게 내질렀다.

백보신권. 그중 바람의 힘을 극대화시켜 내지른 권법이었다.

그러자 거대한 바람의 장막이 미사일을 덮쳤다.

쾅! 쾅! 콰르릉!

목표 지점을 잃고 미사일들이 연쇄적으로 폭발했다.

그리고 그사이, 칼날처럼 변한 이타콰의 날개가 그대로 전투기들을 휩쓸었다.

이후 떨어지는 나를 이타콰가 받아냈다.

"다, 당신…… 미쳤군요!"

부들부들 떨며 이타콰의 등을 부여잡은 시리아가 입을 열었다.

"러시아 전체를 상대할 생각인가요? 어리석은 짓이에요! 당신 혼자선……."

"누가 나를 혼자라고 하지?"

크릉! 크르릉!

이타콰가 기분이 좋다는 듯 그르릉거렸다.

아프리카에서 사슴을 사냥하지 못한 것이 욕구불만으로 남아 있었던 모양이다.

피식 웃었다.

나는 혼자가 아니다.

이윽고 목표 지점에 도착한 직후 나는 이타콰의 등에서 뛰어내렸다.

셀 수 없이 많은 탱크가 그 지상에서 포구를 내게 조준한 채 위치하고 있었다.

'진정한 초월자는 다수를 이긴다.'

설령 내가 혼자라고 할지라도, 그들은 나를 이길 수 없다.

이제 고작 5~6레벨의 세계에 9레벨의 괴수가 출현한 격이다.

그리고 9레벨 이상의 괴수는 현대무기로도 어찌하지 못하기에 '재앙(災殃)'이라 불렸다.

재앙.

인류가 어찌할 수 없는 벽!

저들에게 있어서 나는 재앙 그 자체였다.

고폭탄을 장착한 러시아 전차부대가 포구를 겨눴다. 동시에 수백 개의 포탄이 발사되자 순간 안개가 생길 정도로 짙은 연기가 피어났다. 천둥이 치듯 지축이 울리고 대기가 찢어지며 포탄이 그물처럼 촘촘히 '그'를 덮쳤다.

쾅!

최초의 폭발. 우주의 기원과 같은 폭발이 일어났고 연쇄적으로 수많은 포탄이 굉음을 내며 폭사했다. 산을 부수고 대지를 파괴하는 그 장면은, 감히 신이라도 죽일 수 있을 듯 강렬하고 장렬했다.

쉬이이익!

굉음이 멈추고 버섯 모양의 구름이 피어나며 모두가 종말을 예감했다. 아무리 초인이라 할지라도 인간인 이상 저러한 폭발 속에서 살아나는 건 불가능하다.

"나는 새도 떨어뜨리는 놈이라기에 긴장했는데 별거 아니잖아?"

나는 새는 전투기를 뜻했다. 해치를 열고 하늘의 상황을 살피던 군인들이 혀를 차며 승리를 자축했다.

"……저게 뭐야?"

"뭐, 뭐가 떨어집니다!"

하지만 기쁨의 함성도 오래가진 못했다.

구름안개를 헤치고 한 인영이 낙하하고 있었다.

콰앙!

그리고 정확히 전차 위로 떨어진 그 인영은 그을린 갑옷을 한 차례 털어내곤 그대로 검은색의 검을 쥐었다.

그리고 마치 춤을 추듯 유려한 곡선을 그리며 검을 놀렸다.

스르릉.

터어억!

전차의 외피에 실선이 생기더니 그대로 미끄러지며 정확히 반으로 분리되었다. 반으로 분리된 전차가 고꾸라진 채 형편없이 포구를 바닥으로 떨구자, 조종간을 쥔 조종수가 입을 크게 벌린 채 '그'를 바라보고 있었다.

탄약을 정비하던 탄약수와 포수, 그리고 전차장. 모두의 시간이 멈췄다.

검으로 전차를 쪼개는 게 가당키나 한 일인가. 합판으로 이루어져 어지간한 폭발에도 견디도록 설계된 게 전차였다. 한데 그것을 인간의 힘으로 나눠 버린 것이다.

'아, 악마의 눈이다!'

하늘에서의 폭발 덕분에 '그'의 투구에 구멍이 생겼다. 오른쪽 눈이 마치 악마의 그것처럼 붉게 빛나고 있었다. 눈을 본 사람들은 영혼이 빨리는 느낌을 받으며 몸을 휘청거렸다.

"쏴, 쏴라!"

겨우 그 공포에서 벗어난 군인 몇 명이 숨을 크게 들이쉬며 입을 열었다.

해치를 닫고 다시금 전차부대가 기동했다.

하지만 부대의 중심부에 깃털처럼 가볍게 내려앉은 그를 향해 다시금 고폭탄을 쏠 수는 없는 노릇. 즉시 철갑탄으로 포탄을 갈고 재차 포구를 들이밀었다.

철갑탄은 전함, 군함 등의 장갑을 관통시키는 데 사용되는 포탄이다. 강철판도 뚫고 들어갈 정도로 단단하고 두꺼운 철갑탄마저 막아내진 못하리라.

철갑탄을 직격으로 맞은 '그'가 뒤로 주욱 밀려났다. 검으로 철갑탄을 막을 생각을 하다니, 무식하고 단순하며 그렇기에 괴기스러운 놈이었다.

하지만 '그'는 정확히 20m가량을 밀려나더니 철갑탄을 반으로 쪼갰다.

"말도 안 돼!"

"괴물이냐?"

그것을 지켜본 모두가 전율했다.

인간이 아니다. 인간이 오로지 인간의 힘으로 현대전을 치를 수는 없다. 그런데 지금, 그들의 눈앞에서 불가능한 일이 실현되고 있었다.

헤라클레스와 같은 신화적 존재라면 가능할지도 모르겠다. 하지만 그들은 허상이다. 가짜, 이야기 속에서만 숨 쉬는 자들.

툭. 투욱.

'그'가 걸었다. 빠르지도, 느리지도 않게. 그러나 그 걸음 걸음마다 느껴지는 중압감은 지옥의 왕과 비견됐다.

쾅!

포탄이 발사됐다. '그'가 사라졌다. '그'가 다시 모습을 보였을 때 전차 한 대가 종잇장처럼 잘려 나갔다.

발사될 때마다 한 대씩.

그렇게 열 대, 백 대…….

모두가 해치를 열고 도망갔다. 총을 버리고, 무릎을 꿇고, 머리를 조아리며 목숨을 구걸했다.

'그'는 인간이 아니다.

인간일 리가 없었다.

"아아, 신이시여!"

잔혹한 죽음의 신이 사형을 선고했다.

to be continued